LA GAIA SCIENZA

SFINGE
(EUGENIA CODRONCHI ARGELI)

IL GIOGO

«Comment vistu, toi qui n'as pas d'amour?»

La sua onesta mediocrità era stata la cagione del suo bene. Mediocrità di fortuna, d'intelligenza, di bellezza, di desideri, d'imaginazione. Si era sempre contentata di quello che aveva, e si era sempre sentita press'a poco felice. Nata in provincia, da gente agiata e rispettabile, aveva sposato a vent'anni un bravo professionista che l'aveva resa madre di due figliuoli. E la sua vita era volata via con la sua prima giovinezza, serena e piana, come un paesaggio di pianura: un po' monotona eppure uniformemente piacevole.

Ester Vallauri era una donna tradizionalmente onesta, senza morbose curiosità, ma senza piccinerie di spirito, e conosceva la vita anche dal raccoglimento della sua esistenza casalinga. Leggeva molto, nelle ore di tregua alla sua attività di massaia e di perfetta madre di famiglia, e, benchè pura, non era ingenua nè eccessivamente provinciale. Era molto pia, ma non bigotta, e le piacevano gli svaghi e l'allegria. Teneva alla sua modesta bellezza e le era caro non solo d'essere molto amata da suo marito, ma d'essere ammirata per semplice omaggio alla sua femminilità. Non sarebbe stata una figlia d'Eva se l'opinione degli uomini sul conto suo le fosse stata perfettamente indifferente.

Così visse Ester Vallauri, durante una dozzina d'anni, il suo discreto sogno realizzato di pallida, opaca, sicura felicità.

Poi, un triste giorno, il suo bravo marito morì. Il suo dolore fu grande e sincero, ma contenuto, anche quello, entro i limiti di quell'equilibrio che governava i suoi sentimenti e le sue sensazioni. Pianse, ma si confortò col pensiero della religione e de' suoi figli, e la sua saviezza le permise di benedire ancora il Cielo che le aveva mandata sì una grande sventura ma che le aveva, prima, concesso un lungo periodo di tranquillità.

Quella sventura era la prima della sua vita! E poichè aveva trentadue anni, Dio non era poi stato eccessivamente crudele con lei!

Calmato il dolore, e passato l'anno di lutto stretto, ella dovette pensare all'educazione dei suoi figli, già grandicelli, e, anche per consiglio dei suoi genitori ed amici, prese la decisione di lasciare la sua piccola città per trasferirsi in una città grande. La città prescelta fu Milano, dove aveva alcuni parenti e alcuni buoni conoscenti, e che non era lontanissima dal luogo nativo e dagli interessi famigliari.

Il cambiamento di residenza fu un grande avvenimento per lei. Il molto da fare le servì di distrazione, e la gioia dei suoi ragazzi le teneva buona compagnia. In breve tempo, la sua nuova vita fu bene avviata, in un'atmosfera di cose facili e soddisfacenti.

I giovanetti studiavano volentieri e amavano sfrenatamente la grande città che offriva loro tante sorprese e tanti stupefacenti divertimenti!

Alcune case di parenti e conoscenti si erano loro aperte cortesemente ospitali, così che Ester doveva difendersi dai soverchi inviti. Aveva trovato un grazioso appartamento in una via tranquilla eppure centrale, e la sua famigliuola aveva ripreso, nel ricordo del Diletto perduto e dei cari nomi lontani, il suo ritmo di normalità e di serena pace. Ma a poco a poco il ritmo pacifico si andava accelerando in note più vibrate, si chè certe fanfarette gaie, quasi febbrili, balzavano nello spirito di lei, senza che esattamente se ne rendesse conto. Cos'era? Il contagio della grande città tentacolare operava su di lei, a sua insaputa. In che modo? In nessun modo preciso... e in mille modi diversi e svariatamente suggestivi. Suggestioni visive, auricolari, sensorie, sentimentali: l'elettricità della folla, gli esempi, la collettività formidabile, i rumori assordanti, i colori, i suoni, la nebbia avvolgente complice di misteri, l'eleganza, lo sfarzo, il movimento vertiginoso, gli spettacoli sbalorditivi... il peccato nascosto e sempre presente, l'attività prodigiosa, la voglia inesauribile di divertimento: tutto contribuiva a formare intorno alla provinciale che s'era per le prima volta inurbata, un clima carico di elementi saturi di sottili e deliziosi veleni...

E, per la prima volta a trentacinque anni, quella mite creatura che non aveva avuto desideri oltrepassanti la sua modesta realtà, aspirava timidamente sì ma tormentosamente a qualche cosa di più di quello che possedeva. Cosa? In verità ella stessa non lo sapeva. Qualche cosa di nuovo, di piccante, di fuori dal comune! Una felicità diversa da quella da lei conosciuta. Un avvenimento suo, somigliante a quelli letti nei romanzi, o a quelli di cui udiva parlare come di cose vere che accadono tutti i giorni nelle grandi città. Sentiva che invidiava un poco le donne che avevano segreti da nascondere, anche se i segreti non erano nè belli nè puri... Perfino l'adolescenza dei sui figliuoli, casta ancora ma piena di fremiti e di palpiti di curiosità, le dava una specie di contagio, una sorta di ubbriacatura di giovinezza, di serotina primavera carica di pòllini vaganti che la stordivano...

Nei salotti borghesi che frequentava, alle festicciole in cui accompagnava i ragazzi, aveva dei piccoli successi insperati che le facevano un impreveduto piacere. La sua pacata bellezza bruna non aveva mai figurato molto in provincia, dove la freschezza della carnagione, la fiorente salute, la formosità, rappresentano le qualità preferibili nelle donne.

Nella grande città, evoluta e un po' decadente anche nelle sfere medie della società, il suo fisico parve interessante e del tutto «moderno». Era alta, sottile, pallida, col viso lungo, la bocca accesa e gli occhi notevolmente grandi ed espressivi. Anzi l'espressione de' suoi occhi oltrepassava la potenzialità sua interiore. Erano un vero bluff, gli occhi della signora Ester Vallauri! Si sentiva lodare i suoi poveri occhi, innocenti di qualsiasi attacco belligerante, come in provincia non le era mai accaduto. Glieli dicevano: «occhi di sirena, di sfinge, di maliarda» e lei qualche volta ne godeva, nella sua vanità, qualche volta ne rideva, nella sua ostinata semplicità.

Suonava benino il pianoforte e anche quello era un dono che le attirava complimenti ed omaggi. Si vestiva con un certo gusto, quasi sempre di nero, e in poco tempo quasi nulla restava in lei, esteriormente, della piccola, timida provinciale di una volta.

C'era anche qualcuno che la corteggiava con certa insistenza, che le faceva profferte di amore, con le parole stesse, o press'a poco, dei «personaggi» dei romanzi. Adesso leggeva romanzi più divertenti e più audaci di quelli che leggeva un tempo. Romanzi «di moda», in cui non si parla mai di dovere, di virtù, di sacrificio, ma sempre di piaceri, di diritti, di raffinate voluttà.

Ci fu anche un uomo, vedovo e ricco, ma poco seducente, che le offrì la sua mano. Ma ella lo ricusò risolutamente, perchè non aveva nessuna voglia di rimaritarsi. Era attaccatissima ai suoi figli, alla sua casa, alla memoria del suo primo marito, ed apprezzava grandemente la sua libertà. Di che cosa aveva voglia, dunque? Era diventata, in ritardo, ciò che sono spesso le giovinette: un nodo di desideri inespressi, tra sensuali e sentimentali, un groviglio di capricci melanconici e di allegre curiosità: cose che fanno ridere e piangere al tempo stesso...

***

In quel periodo, ricevette un mattino con la sua scarsa corrispondenza (i vecchi genitori, l'uomo di affari, qualche amica provinciale...) una lettera misteriosa. Bollo di città, scrittura ignota, carta elegante. L'aperse. Una sola pagina, senza firma. Diceva:

«Una pallida faccia e un velo nero». Mi siete apparsa così la prima volta, sei mesi fa, e non vi ho più dimenticata. Magari potessi dimenticarvi! Perchè, siete diventata per me piuttosto che una gioia, un tormento. Non ve ne siete accorta? Questo dovrebbe umiliarmi, e invece mi delizia... come prova della vostra fresca ingenuità, che è una delle vostre grandi attrattive.

«Mi conoscete, mi parlate qualche volta, mi aprite in faccia i vostri strani occhi così grandi e così profondi... che vi servono così male a vedere ciò che vi dicono i miei! Qualche volta il vostro modo di guardarmi... m'illude. C'è nel vostro sguardo una fissità così intesa che sembra nascondere poemi di sentimento... Qualche altra volta, purtroppo, mi gelate con un'assenza di comprensione che fa di voi una grande bambina, adorabile e desolante insieme! Siete diversa da tutte le donne che ho conosciute. Mi piacete terribilmente. Vi amo follemente. Chi sono? Cercatemi! E se volete, mi troverete.

«Vi bacio le piccole mani bianche che suonavano così appassionatamente...».

Ester fu sbalordita e tocca nella parte più segreta del suo essere. Non rise. Non mostrò quella lettera a nessuno. Non la distrusse. E fu presa da una spasmodica volontà di sapere. La curiosità. Quella che perdè Eva. Quella che perdette, perdè e perderà tutte le donne. Cercava... e non trovava. Quando le pareva di avere indovinato... ecco che si accorgeva d'essersi ingannata. Passava in rivista, ad uno ad uno, tutti gli uomini che conosceva. Quelli che conosceva di più, di meno o appena appena... Quale? Li analizzava, come prima non aveva ancor fatto. E si fermava, prima, su quelli che le sarebbe piaciuto di più che fossero... quell'uno. Poi, li scartava. «No, questo non può essere perchè è troppo giovane. Quello no, perchè è troppo bello, o troppo elegante e non può pensare a me». Oppure: «Colui è troppo serio. Che diavolo mi salta in mente?». O ancora: «Quel tale non può essere... perchè mi dispiacerebbe che fosse proprio lui!»

Ma ormai, da qualche giorno non si occupava d'altro. Era diventata socievole, mondana irrequieta sì che se ne stupivano lietamente i suoi due figliuoli, i quali l'accusavano, prima, di accompagnarli con l'aria di vittima dell'amor materno. Essi erano molto bambini d'animo ancora, molto attaccati a lei, non ancor emancipati dalla sua tenera sorveglianza. Quindici e quattordici anni. Essa non li lasciava uscire soli di sera. Dicevano: «Brava, mammina! Sei un amore! Adesso sei proprio come una sorellina, per noi! Che piacere! Hai voglia di divertirti anche tu!».

***

Una sera, in una casa amica, aveva suonato per turno con altre signore per far ballare i giovani, essendo mancato il tapeur. Aveva suonato con molto brio, mettendoci una grazia e un'intenzione d'arte insolita nei suonatori per ballo. La padrona di casa le si avvicinò per ringraziarla e complimentarla. Poi il padrone di casa andó a fare altrettanto. Era un uomo sui quarantacinque anni, piccolo e nervoso, molto serio, con la pelle arsiccia, i capelli biondi un po' grigi alle tempie, e certi occhi chiari, limpidi e freddi, che mettevano soggezione.

Era un uomo di affari. Quali affari facesse, Ester non sapeva. Passava per ricco, attivissimo, integerrimo. Ben quotato presso le comuni conoscenze, ritenuto da tutti ottimo marito e padre modello, Ester non lo aveva nemmeno passato in rassegna fra i possibili autori del clandestino messaggio... Ma in quel momento, mentre egli la ringraziava, immergendo nei suoi quegli occhi duri e freddi... ella ebbe un improvviso sospetto... che subito scacciò come un pensiero molesto. Un uomo ammogliato! Di quell'età! Suo ospite, marito di una signora che così bene l'aveva accolta, padre di due amici dei suoi figli! Che orrore! Arrossì, ebbe uno sbatter di palpebre, rise nervosamente, e si rimise a suonare, attaccando un foxtrot indiavolato. Allora, egli passò dietro lo sgabello sul quale ella sedeva, finse di chinarsi a guardare la pagina aperta sul leggio, e mormorò con una voce strana, nuova, diversa: «Chi cerca... trova!».

***

Ella aveva dunque, sventuratamente, trovato.

Perchè un'impressione questa volta angosciosa si era accompagnata al suo sbalordimento e all'inevitabile senso di trionfo della sua femminile vanità. Era soddisfatta di avere scoperto il suo innamorato... ed era, al tempo stesso, terribilmente spaventata! Sentiva un pericolo imminente,

5

vedeva una voragine aperta davanti a sè... e il suo istinto le suggerì subito di difendersi. Tacere, chiudere gli occhi per fingere di non aver visto, di non aver capito.

Cosa aspettava ella dunque con tanta trepidazione? Quel messaggio anonimo le aveva procurato un malsano piacere, ella se ne rendeva ben conto... E adesso che un nome aveva firmato quel foglio, un'improvvisa angoscia l'aveva assalita. Perchè? Era stata una delusione la sua scoperta? Quell'uomo non le piaceva? Non sapeva dirlo esattamente. Forse le era indifferente, come tutti gli altri fra i quali aveva dirette le sue ricerche. Ma costui era un uomo non libero. E l'idea peccaminosa dell'adulterio ripugnava alla sua coscienza di donna onesta e pia.

Voleva ella, dunque, un marito? Ah no. Non ci pensava nemmeno. Lo avrebbe rifiutato, come già le era accaduto di fare, poco tempo innanzi. Allora? Allora – le pareva finalmente di comprendere – ella avrebbe desiderato d'essere amata, forse di riamare, un uomo libero, delicato, buono, che avesse messa un po' di dolcezza nella sua solitudine, e che si fosse contentato di un'amicizia amorosa... conciliabile con tutte le leggi della tradizionale virtù...

Ma chi le diceva che colui non si contentasse di quanto lei poteva e voleva concedere? Non lo sapeva. Ma intuiva una minaccia che le faceva paura. Gli occhi di quell'uomo erano pieni di terribili cose non espresse...

***

E la sua profetica anima non la ingannò. Il giorno seguente, presso a casa sua, mentre rientrava sola, fu avvicinata da lui, uscito all'improvviso non seppe d'onde. Le disse torvo e concitato:

– Dove posso vedervi? Ho bisogno di parlarvi! Scoppierei se dovessi continuare a far violenza al mio cuore, al mio sguardo, alla mia voce!

Ella, sbigottita, si trincerò nella difesa, benchè una impreveduta commozione le gonfiasse il petto:

– Ma cosa desidera da me, signore? Mi conosce appena! Io sono una modesta donna d'altri tempi, di abitudini semplici e casalinghe...

– Non fingete! Sapete benissimo che sono io che vi ho scritto, io che vi amo come un pazzo! Ditemi una cosa sola, che ho bisogno urgente di sapere: Amate qualcuno? Avete il cuore impegnato? – e la sua voce era piena di angosciosa interrogazione.

Ella disse candidamente:

– Oh no!

Egli trasse un gran respiro, come se un peso materiale gli fosse tolto dal petto. Poi riprese:

– Allora... ditemi un'altra cosa: Vi ripugno? Provate avversione per me? – e i chiari occhi metallici erano diventati miti, dolcissimi, immergendosi in quelli di lei.

Ella ripetè ancora una volta, impulsivamente:

– Oh no!

– Ebbene – fece lui, con una faccia mutata, ringiovanita, radiosa – adesso, lasciate fare a me! È impossibile che la mia passione non sappia conquistarvi. Mi è caduta una tegola sul capo. Bisogna che mi aiutiate a curare la ferita, voi, l'innocente e colpevole al tempo stesso, se no, impazzisco! Domani vengo da voi. Troverò un pretesto. È necessario.

Ella sentì le sue mani quasi stritolate da quelle di lui... e fuggì senza dire di sì.

Ma il giorno appresso, dopo ragionamenti, risoluzioni eroiche, preghiere innalzate a Dio, come vinta da un sortilegio, pur non volendo, vilmente cedette all'ingiunzione avuta e lo ricevè.

E cominciò il suo martirio. Il suo cattivo destino aveva messo sui suoi passi l'uomo che a lei sarebbe meno convenuto: dispotico, appassionato, sentimentale e sensuale al tempo stesso, romantico, effervescente come se avesse avuto vent'anni. Le raccontò la sua vita sbagliata, come diceva lui. Aveva fatto cento mestieri. Nato per essere artista (ancora diceva lui) era stato ufficiale, giornalista, impiegato nelle colonie. Poi, ammogliatosi giovane, aveva sentito il dovere di provvedere seriamente

alla famiglia, e si era dato, senza esservi inclinato, agli affari. Ed era la sola cosa in cui era riuscito. Aveva una intelligenza non comune, una discreta coltura, e il fondo della sua anima era rimasto quello di un artista mancato, pieno di nostalgie e di rimpianti verso la vita di belle avventure e di poesia realizzata che aveva sognata e cui era passato accanto senza poterla ghermire. Era un impulsivo senza vero dominio su di sè, squilibrato in tutto quello che non fosse l'ingranaggio preciso dei suoi affari, nei quali invece, era abile e fortunato. L'amore era sempre stato il suo debole, la molla segreta della sua vita intima. Aveva amata, giovanissimo, sua moglie, che aveva avuta una gentile effimera bellezza. Poi se ne era stancato e allontanato, per comune consenso, contenta ella del suo benessere materiale, della sua felice maternità. Aveva avuto molte fuggevoli avventure, alcune simpatie più resistenti... ed era sempre stato alla caccia della grande passione, che gli pareva dover coronare, come un dono, la sua carriera di amantenato. E si era innamorato di Ester Vallauri, fatalmente, senza volerlo, senza ch'ella lo avesse menomamente invitato con civetterie, anzi forse per questo! Quella donnina pallida e modesta, dai grandi occhi frangiati ed ombrati, che ignorava la sua bellezza, lo aveva colpito in pieno petto, e gli si era cacciata nell'anima e nel corpo come un paradiso ed un inferno insieme! Aveva lottato poco contro il suo sentimento, perchè non era un uomo da rinunce e da sacrifici. E fra il bene di lui e quello di lei, egli non aveva esitato e sceglieva il bene suo proprio.
Le diceva:
– Perchè mi rifiutereste? Siete libera e sola! I vostri figli non hanno il diritto di impedirvi una felicità che non è in contrasto con la loro. Siete una madre perfetta e continuerete ad esserlo. Ed essi ben presto non avranno più bisogno di voi. Io non sono libero? Sì, che lo sono! Da più di dieci anni non ho nessun rapporto con mia moglie, una donnina fredda e poco intelligente, che non mi ha mai compreso e che vede in me soltanto il fornitore del suo lusso e il padre dei suoi figli. Non credo mancare a nessun mio dovere, amandovi. Rispetto mia moglie e la lascio regina in casa mia. Ma la mia felicità non credo doverla sacrificare a nessuno. La passione è venuta tardi nella mia vita, ma con le forza di un turbine. Amatemi! È necessario. È fatale. Sarei capace di ogni follia se voi deludeste il mio amore!
Soffriva veramente. E non aveva il pudore delle sue sofferenze. Spesso le sue parole erano accompagnate da lagrime che impietosivano la donna. Altre volte, da atti violenti, da escandescenze che l'atterrivano.
Tanto più che gl'incontri forzosi avvenivano sempre per la strada, essendosi ella risolutamente rifiutata di riceverlo in casa, dopo quella prima volta malaugurata.
– La casa dei miei figli è sacra. Qui no! Assolutamente no!
Nelle case dei conoscenti, allora. E nella casa di lui a malgrado delle ripugnanze spasmodiche di lei ad essere ospite bene accolta della moglie ignara e sorridente. Ma l'implacabile amatore la costringeva a tale sacrificio con insistenze, con pianti, con minacce. E poi, tutto ciò non gli bastava. Ed erano allora i colloqui, lunghi o brevi, per le vie della città popolosa che nascondeva nella folla e nella nebbia i loro incontri procellosi. Ella sempre timorosa ed inquieta, lui appassionato, imprudente, egoista, ossessionato dal suo amore e dal suo desiderio incalzante.
Qualche volta, senza dubbio, anche il consenso di lei si destava... e al suo timore, ai suoi scrupoli, al suo rimorso, si fondeva l'aspra gioia del sentirsi così freneticamente amata e desiderata, lo sbalordimento d'essere diventata una specie d'eroina da romanzo. Ma le due impressioni che componevano specialmente il suo stato d'animo verso di lui, erano, alternativamente, la pietà e la paura. E le due debolezze accoppiate, gettarono finalmente, un giorno, la poveretta nelle braccia del suo tiranno.
Per lui fu un delirio di gioia e di orgoglio. Per lei fu uno stordimento seguito da delusione. Non era sensuale. E non era nemmeno, sentimentalmente, all'unissono con quella passione da melodramma. La sua semplice anima borghese, a fondo immutabilmente onesto, ripugnava da quelle esplosioni di

erotismo che la lasciavano scombussolata, quasi avvilita, come una donna cui fosse stato imposto di rappresentare una parte tragica, in un dramma a forti tinte, sentendosi l'anima semplicemente idilliaca! Era troppo per lei. Non avrebbe mai aspirato a tanto! Non era quello che avrebbe voluto, che forse cercava, che inconsciamente desiderava! Non era nata per la colpa, lei! La sua coscienza non aveva pace a malgrado delle ragioni, delle persuasioni di lui, che per lei non erano valide. E poi, a parte la colpa, a parte la necessità delle continue cautele, dei nascondigli, dei misteri, dei pericoli che la terrorizzavano e cui non poteva avvezzarsi; a parte tutto il lato morale che pesava sulla sua coscienza come un incubo, le qualità stesse del suo amante e della passione di lui, non si confacevano al temperamento nè allo spirito di lei. La sua onesta mediocrità era disadatta a quel turbine di passione! Le esigenze di lui erano illimitate, e la sua gelosia era folle. Tutto gli dava ombra. Ester non era più padrona di sè. Dov'era ita la sua deliziosa libertà? Come far tacere il ricordo del suo buon marito dalla tenerezza mite e fiduciosa? Era proprio lei, la stessa donna, che aveva scatenato in un uomo tale uragano? Le pareva impossibile e talvolta se ne vergognava, nel suo pudore di donna casta e dabbene. Se curava la sua persona e il suo abbigliamento, egli sospettava ch'ella volesse piacere a qualcuno. Se si trascurava, era segno che non teneva a piacere a lui. Se mangiava con appetito, era un insulto a lui, che perdeva, quando era con lei, la voglia di mangiare. Se rideva, ciò denotava leggerezza. Se era triste, voleva dire scontentezza di lui. Era geloso dell'affetto di lei pei suoi figli, pei suoi vecchi genitori, delle amiche vicine e lontane, della memoria del suo povero marito. Voleva, o avrebbe voluto, regnare, imperare, dominare padrone assoluto nel suo cuore! E diceva: «Tutti i veri amanti, i grandi amanti sono così, devono essere così, se no, l'amore è uno scherzo o è libertinaggio!».
Ah potersi liberare! Ah sottrarsi al giogo! Ma come fare? Si rendeva conto che non avrebbe mai e poi mai trovato in sè la forza per ribellarsi a quel potere: un po' per pietà... un po' per paura...
Ogni tanto egli, il terribile amante, per quanto acciecato dalla passione, per quanto soddisfatto, aveva la mente attraversata da rapidi, fugaci sprazzi di verità sullo stato d'animo di lei... e allora tormentava la sventurata con interrogatorii snervanti, che non cessavano altro che dietro assicurazioni menzognere, e proteste spergiure:
– Tu sei mia, per sempre. Lo sai, non è vero? Solo con la morte avrà fine il nostro amore. Io non sono più giovane. Tu non sei più una bambina. Cosa ci aspetterebbe, oramai, fuori dal cerchio scambievole delle nostre braccia? Qui, qui, sul mio cuore, per sempre! Di': «per sempre!» anche tu! Ripeti con me: «per sempre!».
Ella ripeteva docilmente, come una vittima sull'ara del sacrificio:
– Per sempre!
E quando era sola, finalmente, si sentiva morire.
Impeti irrefrenabili di ribellione scoppiavano in lei, aneliti disperati alla libertà, alla onestà, alla pura, innocente bellezza della sua vita di un tempo! Già da due anni durava il legame, ed ella sentiva sulle sue gracili spalle pesare il giogo della schiavitù. Giogo bestiale e umiliante, perchè assunto per debolezza, per vigliaccheria, per ontosa accettazione del volere altrui. Quale gioia ne aveva? Nessuna.. o quasi nessuna. Nemmeno le piccole soddisfazioni della vanità. Nell'amore, per le donne, c'entra sempre un poco la vanità. Far sapere alla gente che esse destano amore... è uno dei piaceri dell'amore.
Ma nel suo caso, Ester doveva desiderare, volere fermamente, paurosamente, il più tenebroso mistero! Il tripudio dell'altro non bastava a renderla felice. No. Non lo amava abbastanza, di nessuna specie di amore, per godere soltanto di una gioia riflessa. E allora? Ribellarsi. Ma come?
Egli le diceva qualche volta:
– Se tu mi abbandonassi, io ti ucciderei... o mi ucciderei. Ricordati!
Ed era un uomo capace di farlo. Almeno ella lo credeva.

«È questo, dunque, l'amore, il grande amore, il decantato amore, quello che tutte le donne sognano, che rimpiangono se perduto, che sospirano se non raggiunto? Ahi! Ahi! Che soma! Che peso mortale!».

Le pareva di non essere più nulla, altro che una cosa, la cosa altrui! Un povero fuscello rapinato da un'onda... da una di quelle grandi ondate alte e gonfie, verdi come idre favolose, con la cresta spumosa, che arrivano oblique e torve e portano via la povera festuca che si riposava al sole, sulla rena! Che terrore! Giungeva a desiderare la morte. O la sua propria, o quella di lui. Lo odiava. Ma gli sorrideva, piangeva con lui, se lo vedeva piangere e soffriva di lui, qualche volta, perchè ne aveva pietà... e gli mentiva sempre, perchè ne aveva paura!...

Ubaldo Torre amava due cose sopra tutte le altre al mondo: sua moglie e la sua arte. Un tempo, prima di sposarla, aveva creduto che Graziella fosse la prima delle sue passioni. Ora, era andato persuadendosi che l'arte aveva il primissimo posto nella sua vita. Sì, perchè era ancora nel periodo della lotta, alla tormentosa vigilia di quel trionfo che non si decideva ancora a venire.

Il pubblico riconoscimento del suo ingegno si faceva aspettare troppo, in verità. E si trattava di una vera ingiustizia, perchè Ubaldo Torre era un giovane di merito singolare. Bell'ingegno, profonda cultura, sensibilità squisita e fresca, ricchezza di vena, originalità di pensieri, imaginazione piena di colore. Un bel temperamento di scrittore, insomma, un romanziere assolutamente di razza, che aveva già nel suo bagaglio una cospicua messe di rispettabili opere. Ma la popolarità non veniva.

Faceva parte di un gruppo ristretto ed aristocratico di scrittori che lo aveva in grande stima e lo riconosceva per capo. Un pubblico esiguo di lettori lo aveva molto apprezzato, e qualche critico di occasione lo aveva anche esaltato profetizzandogli un luminoso avvenire. Ma la critica ufficiale non si era occupata di lui. Perchè? Ubaldo Torre non era un pitocco di quelli che vanno a mendicare recensioni. E non era un proletario, di quelli che fanno dell'arte un'industria e che hanno bisogno di una larga tiratura dei loro libri per sbarcare il lunario.

Era un signore di nascita, provvisto di mezzi di fortuna, che scriveva solo per il suo proprio piacere... e per la gloria. Ma se il piacere c'era, permanente e crescente, via via che la sua arte si perfezionava, la gloria si faceva eccessivamente sospirare! E, giunto ai trent'anni, Ubaldo Torre fu preso da una smania di successo che prima non aveva ancora conosciuta. Prima si nutriva di orgogliosi propositi, di superbi atti di fede. «Piacere alla folla è una inferiorità dello spirito. Bisogna contentare se stessi e i pochi lettori ai quali un artista che si rispetti deve rivolgersi. La folla non capisce niente e per la sua fame idiota bastano i volumi di tanti romanzieri dozzinali che ingombrano il mercato librario come le cianfrusaglie ingombrano i bazar. L'arte è una aristocrazia. La popolarità è il più evidente segno della mediocrità della merce. Dante e Shakespeare non saranno mai veramente popolari. I grandi esempi devono ammonire».

Pensava e diceva tutto questo, Ubaldo Torre, dai venti ai trent'anni. Poi continuò a dirlo... senza pensarlo più, o meglio, era convinto della eterna verità di quelle teorie, ma si sentiva crescere in petto e smisuratamente grandeggiare, a poco a poco, la voglia di conquistare la notorietà... e possibilmente anche la celebrità.

Non era un forte. Aveva un temperamento un po' volubile, un po' femmineo come spesso ne hanno gli artisti. E l'ingiustizia, le camorre, le congiure del silenzio, la miserabile invidia umana, invece di cozzare contro la sua impassibile, comprensiva serenità, destavano la sua ribellione. «Perchè mi boicottano, tutti costoro? I colleghi... transeat. Si rivelano invidi, rifiutandomi i loro consensi, e ciò non mi nuoce. Ma la critica togata, quella che siede a scranna nelle principali riviste, nei quotidiani più autorevoli, perchè si ostina ad ignorarmi? È un partito preso, una congiura vigliacca, che non ha scuse e che devo riuscire a debellare».

Ma come debellarla? Egli viveva nell'ambiente mondano, non conosceva personalmente i critici, s'era infischiato di essi per un gran tempo e l'addomesticarli, oramai, non era facile cosa.

Di uno specialmente gli sarebbe fortemente importata la conquista: il pontefice massimo, colui che apriva e serrava a sua posta il cuore della folla, i cui giudizi, i cui consigli, in materia letteraria, venivano accolti come versetti di Vangelo, banditi dalle colonne di un autorevole quotidiano della grande città in cui Ubaldo Torre viveva: Francesco Santoro. Era quel critico un uomo ancor giovane, di forte ingegno di grande cultura, di indiscutibile buon gusto... e di pessimo carattere.

Aveva creduto da giovane essere un poeta, ma si era accorto che, a tu per tu con la natura, nessuna scintilla sprizzava dal suo sterile ingegno. Per produrre... egli aveva bisogno delle opere altrui. Per questo, il suo carattere era acre, ironico, avaro di lodi, parco di atti di bontà e di generosità. Anche come uomo, nella vita privata, era riuscito il contrario di quanto avrebbe voluto. Amava molto le donne... ma essendo brutto e timido, doveva contentarsi di facili avventure, mentre avrebbe aspirato a relazioni sentimentali con signore belle e raffinate.

Era grasso, aveva un po' di pancia, era miope e portava gli occhiali. Aveva il fisico di un farmacista o di un burocratico, e il cuore di un Don Giovanni... Faceva della critica... e avrebbe voluto essere un poeta. Come poteva essere di carattere dolce, simpatizzante con l'umanità, un simile sconfitto? Eppure questo sconfitto era una potenza.

E questa potenza voleva Ubaldo Torre ad ogni costo conquistare. Perchè sapeva che il verdetto favorevole di costui gli avrebbe aperto sicuramente le porte della fama. Scrivere un altro bel libro, un libro più bello e più forte degli altri, a che cosa gli avrebbe giovato? La soddisfazione propria non gli bastava più. L'ammirazione ardente della sua cara piccola moglie, e quella del nucleo eletto dei suoi amici, non gli dava più gioia alcuna. L'abitudine aveva tolto ad essa ogni sapore. Ora voleva il largo consenso della folla, della grande massa oscura e idiota dei lettori che dà agli uomini la celebrità e la regalità. Il numero, non più la qualità degli omaggi egli desiderava! Essere letto ed amato da un migliaio di persone di buon gusto gli pareva insipido. Aveva bisogno dei larghi plebisciti, magari del suffragio universale! Vedere i propri libri nelle mani delle serve, dei portinai, dei fiaccherai, delle donne del marciapiede, dei commessi di negozio, delle sartine, delle piccole borghesi stupide come oche! Espandersi non già nel cervello del mondo, ma nel sangue di esso; correre a rivoli nelle pance, nelle vene, nella vasta, incosciente umana bestialità, nello stolto gregge di rozzi montoni che seguono docilmente (pur credendo dirigersi da sè) i furbi ed esperti pastori ed i cani pazienti. Quel pastore bisognava decisamente guadagnare.

Ne parlò con sua moglie. Graziella gli era così devota, lo amava ancora così teneramente a malgrado ch'egli l'andasse sempre più trascurando, ch'ella trovò giusta la sua idea e si mise a cospirare con lui per la conquista del nemico (lo chiamavano così) mettendo nel gioco tutte le donnesche risorse della sua abilità longanime ed acuta. Scoprì che Santoro frequentava una casa di loro conoscenti modesti dove essi non andavano che di rado, quasi per degnazione. Con un pretesto Graziella si accostò a quella famiglia, l'invitò in casa sua, accettò da essa un invito, poi un altro.

E fu in quella casa borghese che aspirava a tenere un salotto letterario, che Ubaldo Torre, lo scrittore gran signore e la sua aristocratica moglie fecero la conoscenza personale del celebre critico Francesco Santoro, che era il gran personaggio di quel poco interessante salotto.

Graziella non era solo una perfetta signora e una moglie ideale: era anche una graziosissima giovane donna, con un fisico da eroina di ballata romantica. Le ballate non sono più di moda, è vero, ma le belle donnine bionde e sospirose sono sempre di incontestabile «attualità». Essa fu perfidamente squisita nella volontà di ammaliare Santoro, orso mal pettinato, avvezzo alle donne di un'altra classe, che aveva sognato a vent'anni d'essere poeta... e che ne portava chiusa in cuore la inguaribile dolceamara nostalgia... Essa cominciò col solleticare l'amor proprio di lui con la sua piccola mano vellutata, e vi riuscì a meraviglia. Si disse entusiasta dei suoi articoli, desiderosa da tanto tempo di conoscerlo, timida davanti al suo ingegno. Lo invitò ai suoi ricevimenti eleganti e ricercati: gli fece provare le delizie del suo ambiente squisito, lo fece conoscere ad altre donne del suo aristocratico mondo. Santoro abboccò all'amo come un pesciolino ingenuo... e si gettò a capofitto nella elegante società, abbandonando i salotti borghesi che fino ad allora aveva sempre frequentati. L'essere un uomo di grande ingegno non gl'impediva d'essere snob. E se Ubaldo Torre fremeva per la voluttà che aspettava dal consenso della folla, egli realizzava il suo antico desiderio di entrare nella ristretta categoria della gente titolata e chic... che era per lui un paradiso ignoto. Senonchè, nell'animo di Santoro, burbero di fuori e tenero di dentro, insieme alle amichevoli disposizioni verso il marito, andava sviluppandosi un sentimento profondo verso la moglie... di cui a tutta prima non s'era esattamente reso conto egli stesso. Graziella gli aveva fatto un'impressione grande. E la squisita cortesia di lei, di cui nemmeno lontanamente aveva sospettato il movente interessato, gli era stata di tale dolcezza, che i suoi quarant'anni ne erano illuminati e profumati come per la rinascita di una miracolosa primavera. La dolcezza di quegli occhi verdolini, che lo guardavano dietro l'ombra delle lunghissime ciglia, gli penetrò dentro al cuore e glielo sommerse. Quasi non se ne accorse. Non gli restò il tempo di difendersi. Il terribile amore della maturità gli era piombato addosso come una valanga. Era in ceppi. E liberarsi, ormai, non poteva più. Graziella, naturalmente, se n'era accorta e ne giubilava. Se n'era accorto (beato lui, tra i mariti!) anche Ubaldo Torre, e ne giubilava anch'esso. Sì, perchè era quello il coronamento dell'edificio pazientemente innalzato dalla loro concorde volontà. La intensità di quel sentimento, s'intende, non poteva misurarla il marito e, da principio, nemmeno la moglie. Non avrebbero forse, nessuno dei due, aspirato a tanto! Ma si accorgevano che la conquista di Santoro, ideata pochi mesi innanzi, era compiuta. E per il loro scopo, se ne applaudivano caldamente.

Di Santoro come uomo, Ubaldo Torre non era punto geloso. Ah no! proprio no. Tutt'altro che bello, grasso, miope, poco elegante, poco signore, di dieci anni più vecchio di lui. Nemmeno pensarci. Non era un uomo pericoloso. E poichè s'era dichiarato più volte sincero estimatore dell'ingegno di Ubaldo Torre, poichè aveva dimostrato il desiderio di conoscerne tutte le opere (non conosceva che un suo volume, diceva), era probabile, era sperabile, era necessario anzi, che del prossimo romanzo che stava per vedere la luce, il celebre critico si decidesse a dare pubblicamente il suo verdetto.

E la domanda esplicita (non volendola fare lui direttamente, l'autore) era deciso che l'avrebbe fatta, tra un sorriso e l'altro, tra una sigaretta e una tazza di tè, col suo sguardo più liquido e più soave, la moglie di lui. E se il pontefice massimo della critica era sensibile come pareva indubbiamente, al fascino biondo della bella signora, non c'era dunque da rallegrarsene? A tale ambasciatrice, nulla avrebbe egli negato.

Graziella si prestava con maliziosa delizia. Il giovane romanziere sorrideva come un combattente che ha colto l'avversario in una trappola... ed era convinto di agire per legittima difesa, per buon diritto di guerra, per debellare finalmente, con un mezzo senza pericoli, la congiura micidiale se pure pacifica ordita dalla nequizia umana contro di lui.

***

Il nuovo romanzo di Ubaldo Torre vide la luce in una bella mattina di primavera. Un esemplare, con dedica amichevole e adulatoria, fu dall'autore presentato al critico illustre. Il quale si recò la stessa sera nella casa ormai amica, a bere lo Champagne pel battesimo del neonato. Francesco Santoro disse all'amico che stava leggendo il suo volume e che gli piaceva. Lo disse in tono di sincerità, con degnazione sì, ma con l'aria un po' addomesticata, senza quel chiuso sussiego pontificale che soleva gelare le speranze di tanti malcapitati. Ubaldo Torre ne esultò... e lanciò un'occhiata di complicità a sua moglie, come a dirle: «Andiamo bene. Questo è il momento di agire». Essa sostenne lo sguardo, nelle sue mobili iridi cangianti tra il verde e il giallo, e parve rispondere «Ci penso io».

Infatti, poco dopo, in un angolo d'uno dei salotti, dove il critico la seguì, ella si accoccolò nell'ampio divano basso, tra una catasta di bizzarri cuscini, e battè la palma sul posto vuoto accanto a lei per invitare confidenzialmente l'ospite prediletto a sederle vicino. Egli tenne l'invito col cuore che gli batteva e si sprofondò tra quelle molli piume sulle quali l'esile grazia di lei lasciava appena un solco... Ella disse: «Ebbene, Santoro, ormai siamo buoni amici, è vero? E mi sento il diritto di chiederle un piacere».

«Un piacere... Lei, a me? Ma lei è troppo intelligente, donna Graziella, per non comprendere che io le sono interamente devoto e che...». Si arrestò. Non voleva dir troppo, in quel momento e in quella posizione difficile... ed era turbato come forse non era mai stato nella sua vita, in cui solo il suo cerebro si era espanso... e così poco, forzatamente, il suo cuore. Non indovinava la richiesta. Vicino a lei gli accadeva di dimenticare tutto di sè che non fosse il suo vero, il suo grande, il suo tormentoso amore. Tormentoso perchè gli dava poche speranze. Graziella passava per una donna impeccabile... che non si accorgeva delle infedeltà (sempre meno rare) di suo marito...

Ella disse, volgendosi a lui, pieghevole e morbida come una gattina, col vivido anello della bocca sul piccolo volto bianco, sotto l'aureola dei capelli biondi «Fin dove arriva, Santoro, la sua devozione per me?».

«Provi.» Egli fece con un subito stringimento al cuore, che gli si vide sulla faccia. Improvvisamente, egli aveva indovinato.

Ella disse, carezzevole, insinuante, con una leggerezza voluta che non nascondeva un interessamento profondo: «Arriva fino a farle scrivere uno dei suoi capolavori critici sul romanzo di mio marito?».

In quel momento Santoro non era solo l'uomo di lettere, anzi non era più l'uomo di lettere. Era un uomo. Un uomo innamorato e geloso. La gelosia pel marito di quella donna lo mordeva dentro come una tenaglia. Un po' aspro, disse: «Perchè me lo chiede lei? La cosa mi pare strana...».

«Mio marito non chiede mai niente a nessuno! Per questo, con l'ingegno che ha, è quasi un ignoto. Sa che un suo articolo sarebbe il suo battesimo. Ma certo non glielo chiederà. Per questo glielo chiedo io. E lo facciò perchè ho fede in mio marito... e sento che gli è dovuto questo atto di giustizia. Non ha detto lei, poco fa, che il libro le piace?».

Santoro esitò un attimo: «L'ho detto ed è la verità».

«Allora...» ella incalzò.

«Allora, vedremo...».

«Vede?» ella disse, insistente, avvolgente, decisa a trionfare, scordando quasi l'interesse di suo marito per non sentire ormai altro che lo stimolo della sua femminile vanità che correva il rischio d'essere sconfitta. Ah no! Ella non cedeva. E covava l'uomo, l'avversario, con un atteggiamento di belvetta in agguato, con guizzi di fosforescenze glauche negli occhi... perfidi e attraenti come i lascivi assalti delle onde sull'arena. Ma l'uomo, pure stretto in se medesimo per l'urto del suo geloso furore, aveva assai più voglia di perdere che di vincere in quella scaramuccia... Perdere lì, poteva voler dire vincere altrove... in altro campo... in vertiginoso e veramente trionfale cimento. Chi sa?... Ma bisognava dar pace alla sua gelosia... bisognava far tacere quell'improvviso e doloroso morso... Disse: «Non vedo nulla. Cioè... vedo che lei ha per suo marito un così ardente interessamento... che davvero non lo avrei supposto.» E la sua faccia esprimeva assai più delle sue parole una reale sofferenza.

Ella afferrò d'un balzo la posizione, svelta e duttile come un angue. «No, Santoro, non esageri! Di ardente... tra me e mio marito, niente più! Ma un grande interessamento per l'opera sua, sì! Non porto io il suo nome? Non è il padre dei miei due bambini? La sua fama, la sua gloria ci appartengono. E l'ingiustizia della critica verso di lui che ha un ingegno vero, rivolta la mia anima ci donna... la rivolterebbe anche se Ubaldo Torre non fosse mio marito e s'io fossi soltanto una lettrice dei suoi nobilissimi libri. Glielo giuro». E mise la sua bella manina candida, dalle unghie che parevano petali di rose, sulla mano che egli teneva appoggiata sul divano...

Egli arrossì, poi impallidì, sentendosi serpeggiare nelle vene un ruscello di delizia. Disse, guardandola coi suoi occhi miopi, dietro il cristallo delle lenti: «Mi piace la sua collera... Era bellissima, la sua faccia d'angelo, nell'ira... chi sa quale impeto può avere nella passione... e nella tenerezza». Si fermò. «È ben fortunato quell'uomo. Forse troppo... E anche la gloria, adesso... della quale io dovrei prestarmi ad aprirgli le porte...».

«Ma lo stima lei o non lo stima?» – chiese ella un po' nervosa.

«Certamente. Ma questa è un'altra cosa».

«Scusi, è la stessa. Lei fa il suo dovere di critico occupandosi dell'opera di un uomo d'ingegno che lei stima. E fa certo un piacere anche a se stesso. Sí, perchè non è un piacere quello di scoprire un autore e di donarlo all'ammirazione di chi non saprebbe scoprirlo da sè? Sono le soddisfazioni che solo i grandi critici come lei possono procurarsi!».

«È evidente questo.» egli fece, cominciando ad ammansarsi.

«Eppoi, prima di far piacere a se stesso, prima di far piacere alla giustizia... Lei farebbe piacere a me. E allora, poichè ha detto che mi è «interamente devoto...» trovo che mi ha fatto parlare anche troppo. Io sono avvezza ad ottenere quello che desidero con poca fatica... e comincio a dubitare forte della sua amicizia per me...».

Aveva preso un'aria sdegnosa di gran dama offesa che le andava a meraviglia. Egli la guardava con ebbrezza. Se gli avessero detto: «Vuoi tu possedere quella donna una volta, passare con lei un'ora divina senza conquistare l'anima sua?», egli avrebbe risposto di no. Perchè l'amava d'amore totale, l'amava con dolore, e avrebbe data tutta la vita e metà della gloria per entrare in quel cuore, per essere un poco, almeno un poco, amato da lei. Quando riuscì a parlare, disse: «Purtroppo la mia amicizia per Lei... è un fatto di cui non si può dubitare. Dico «purtroppo» perchè è un sentimento destinato forse a farmi solamente soffrire...».

«Oh!» ella fece, protestando, guardandolo di sottecchi, lusinghiera.

«Ebbene, Le prometto l'articolo per suo marito. Ma badi, non creda di dovermi della riconoscenza per questo! Se la mia coscienza non me lo permettesse, non lo farei. Perchè, sarà un panegirico, se ne rallegri! E se Lei mi chiedesse come mai non avevo scritto prima intorno all'opera di Ubaldo Torre... non saprei risponderle. Forse per pigrizia, per distrazione, per eccesso di lavoro... Forse perchè volevo vedere la continuità dell'opera di lui. Non so...». Avrebbe dovuto dire: Perchè c'è sempre un po' di riluttanza in un uomo, nel fare cosa gradita ad un altro. E perchè lo stato d'animo di un critico che addita un artista alla celebrità, somiglia forse un poco a quello di un lenone d'amore. Ma questo certo non lo disse. Invece, aggiunse: «Ora sento che il suo momento è venuto. Ma non creda che suo marito debba questo a Lei. Lo avrei fatto anche se me lo avesse chiesto lui stesso... Lo avrei fatto anche se non me lo avesse chiesto nessuno...».

«Allora è per dirmi che non vuole essere ringraziato?».

«Da Lei, no!».

«Che uomo strano!».

«Niente affatto strano. Voglio che il campo tra Lei e me rimanga pulito, libero... Mi piace di più...».

Ella gli rispose questa volta con una dolcezza non simulata. Era raggiante. Si alzò d'un balzo, elegante e serpentina. Egli si alzò con fatica, tarchiato e non avvezzo a quelle profondità d'abisso di mobili moderni. Ma sulla sua fronte ampia, già solcata di alcune linee orizzontali, aleggiava un sogno che l'abbelliva e la ringiovaniva prodigiosamente...

***

Il «saggio» critico di Santoro sul libro di Ubaldo Torre, anzi su tutta l'opera di lui, diede improvvisamente al romanziere il trionfo e la celebrità. Fu un successo grande, un successo volgare, popolare, industriale: un succedersi di edizioni, una pioggia di offerte di editori, una gara di interviste. La fama di Ubaldo Torre valicò l'Alpe ed il mare. La canizza dei critici, imitando il dettato del più grosso mastino, si gettò ai piedi del trionfatore. Il quale era sempre quello di prima, non era cresciuto di un cubito, non aveva fatto un passo avanti, anzi secondo il giudizio suo proprio e dei pochi intenditori veri, aveva messo un po' di zavorra nella sua nave. Ma la folla gli aveva aperte le braccia, amoreggiava con lui, lo portava a fiore della sua torbida fiumana decretandogli finalmente l'agognata coronazione simbolica nel moderno Campidoglio: il marciapiedi!

Ubaldo Torre ne fu lieto ed ebbro. Ma non sorpreso. Aspettava tutto ciò, come un creditore attende il pagamento che gli è dovuto. Sapeva che ciò doveva venire, presto o tardi. E non provò eccessiva riconoscenza per Santoro, che era stato il suo profeta. Egli si sentiva un nume. L'apostolo doveva riconoscenza a lui, non già lui all'apostolo.

Una buona amicizia lo legava a Santoro, questo sì. Ma oramai le parti si erano mutate. Adesso il grand'uomo era lui, Ubaldo Torre, e l'essere il suo miglior amico, l'ospite prediletto della sua casa, era, doveva essere, un ambito onore anche pel principe dei critici. Se Santoro era un principe, ora Ubaldo Torre era un re.

E della regalità ebbe tutte le fortune, tutte le grazie, tutte le debolezze.

Seppe posare con eleganza, abusare del suo potere, destare l'amore delle donne, cogliere tutto il miele da tutti i fiori della vita...

Oramai era un vincitore. Non aveva più bisogno di nessuno. E il suo egoismo si gonfiava, facendo allegra vendetta della vigilia amara che lo aveva avvezzato a disprezzare i suoi simili. Ma troppe cose furono coinvolte a poco a poco, nel suo olimpico disprezzo. Quel grande corruttore che è il successo, gli s'infiltrò nelle più riposte pieghe dell'animo e glielo avvelenò, senza che se ne avvedesse.

La sua gloria, o quella che gli pareva tale, gettò nell'ombra e nell'oblìo tutto il resto delle cose. Tutto il bello ed il buono che aveva nell'anima diventava materia d'arte per le sue opere. Per la vita gli restava solo la zavorra! Gli parve di non appartenere più all'umanità ma ad una speciale categoria di privilegiati che stanno di fuori dal bene e dal male. Non era più un uomo. Era una celebrità!

Anche della sua famiglia si occupava pochissimo, oramai. Non ne aveva il tempo. A sua moglie aveva dato finalmente il sole della sua gloria e credeva che le bastasse.

Ma s'ingannava. Graziella era una di quelle donne che hanno bisogno dell'intima felicità, per poter vivere. Prima, aveva suo marito. Poi ebbe l'occupazione di aiutarlo a conquistare il suo posto nella vita. Poi... più nulla.

Cioè, tantissime cose esteriori, una fantasmagoria di cose abbaglianti che la circondavano senza soddisfare il suo cuore, il suo piccolo cuore di donna assetata di felicità.

Allora si accorse che aveva accanto, da molto tempo oramai, un uomo fedele e longanime che l'amava teneramente, appassionatamente, silenziosamente. Santoro. Non era bello, non era più giovane. Ma era un ingegno superiore, era colui che aveva, per lei, tenuto suo marito al battesimo della gloria.

Era stato molto cavalleresco con lei. Perchè, dalla sera della vigilia oscura in cui ella gli aveva parlato, egli non aveva mai più accennato al suo sentimento per lei.

Ma ella aveva veduto e sentito quel sentimento ingigantire nel silenzio e nell'ombra; lo trovava vicino a sè ad ogni passo, lo vedeva splendere e gemere, ad ora ad ora, e lo indovinava indistruttibile.

La gloria le aveva del tutto portato via suo marito... e le aveva dato, in cambio, un altro cuore, più sicuro ed immutabile. Gli fu, prima, riconoscente, provando rimorso di averlo adescato con fredda astuzia, perchè servisse al suo scopo .. Poi a poco a poco si affezionò a lui, non ne vide più il poco seducente aspetto... finchè giunse a vederlo con occhi nuovi come dentro uno specchio abbellito dal velo dell'illusione.

Egli, paziente, innamorato, immutabile, aspettava la sua ora. La quale, finalmente, arrivò.

***

La gente, oramai, ne era consapevole. Dubbi, incertezza, stupore, commenti, abitudine, tolleranza, indulgenza. L'opinione pubblica passò per tutte queste fasi. E la relazione discreta, timida, quasi rispettabile, fra il grande critico e la moglie negletta del romanziere sovrano, divenne uno di quei fatti che non si discutono più, che la pubblica sanzione rende press'a poco legittimi. La vita dello scrittore prediletto della fortuna era oramai così byronianamente fuori della legge che tutte le attenuanti erano riconosciute alla gentile creatura così bionda e così bella che aveva tanto bisogno di un po' d'amore.

Il solo a non accorgersi di quello che accadeva in casa sua, era dunque Ubaldo Torre, il sottile psicologo, il divinatore delle anime umane, l'anatomico profondo, quasi feroce, delle coscienze?... E come mai? Era un marito, lui, nè più nè meno di quelli ch'egli metteva alla gogna nei suoi romanzi celebri? Santoro specialmente era turbato da questo problema. Graziella credeva nella cecità di lui, causata dalla sua olimpica indifferenza. Ma Santoro, senza confessarlo alla donna amata, era meno ottimista.

I due amanti, oltre che dalla loro passione, erano legati dall'interesse comune per la gloria di Ubaldo Torre, che apparteneva anche a loro. Era la gloria della famiglia. Scoperta da Santoro, per farne un'aureola alla donna diletta. Se ne interessavano sempre più e sempre più intensamente. Dopo il loro amore era la cosa che loro premeva di più. Era un sodalizio (forse rafforzato dal rimorso? forse dai singoli egoismi?) tutto dato, per la vita, alla esaltazione del giovane grande artista... cui veniva in pari tempo, nell'ombra, recata l'atroce offesa...

***

Un giorno venne in cui la gioia di vivere, la febbre del lavoro, il fascino del successo, ebbero attenuata la loro ebbrezza nello spirito e nel sangue di Ubaldo Torre. Ci si avvezza a tutto. Al bene come al male. Dopo il fuoco, la cenere, inesorabilmente. Solo allora, quando le faville del suo astro cessarono di abbacinarlo, il grande artista riprese a guardare lucidamente intorno a sè e dentro di sè. Vi trovò un dubbio che non aveva avuto nè tempo nè voglia di esaminare esaurientemente. Per pigrizia, per indifferenza, per viltà... Aveva avuto paura di dover scorgere un punto nero nel suo orizzonte d'oro... Ora, avvezzo alla luce, il punto nero era riapparso... e lo vedeva dinanzi a sè, senza incertezze, come riflesso da una lente di precisione.

Che fare? Il suo cuore non ne soffriva. Aveva una bellissima e fedele amante... ch'egli ingannava. La sua conoscenza dell'anima umana e delle sue miserie, lo rendeva incline alla pietà. Chi molto comprende, molto perdona. Il suo nome era oramai così grande... che i pregiudizi convenzionali non potevano offuscarlo.

Ribellarsi al fatto compiuto, farsi giustizia, schiacciare col suo scudo scintillante la misera donna, madre dei suoi figli, e il suo triste, brutto e oramai vecchio amatore?

Il suo stato d'animo in faccia al caso passava da una fase all'altra. Periodi di calma fredda e sdegnosa, di assoluta superiorità di spirito in cui poteva contemplare il fatto... come se avvenisse lontano da sè. Periodi di cattivo umore, di ribellione, in cui provava la voglia matta di piombare sulla coppia adultera e di stritolarla... Ma allora lo vinceva la pietà e un acre senso del ridicolo che scaturiva, secondo lui, dalla inferiorità del suo rivale. Un giorno, tra gli altri, era di cattivo umore. Troppe sigarette? Troppo champagne? Già stufo della sua amante? Un'altra donna c'era che gli piaceva di più... Pensava: «Che gaglioffo, quel Santoro, però! Come si è bene pagato del favore che mi fece... o che credette farmi! E quella ipocrita di Graziella! Una donna che era stata amata, sia pur brevemente, da me! Puah! Le donne... che canaglie e che idiote!».

Era nel suo studio, una meraviglia di lusso e di buon gusto. Si alzò nervoso. Fu assalito dall'uzzolo di fare una sorpresa a... coloro. A quell'ora certo Graziella aveva la visita serale quotidiana dell'amico di casa. Piombare su di loro come un falco su due piccole bestie dozzinali... e... non ammazzarli, no! e nemmeno cacciarli... Non ne metteva conto! E lo scandalo gli pareva antiestetico. Ma vilipenderli, ma far loro sentire che sapeva, che li teneva alla sua mercè, che concedeva loro la grazia del perdono... perchè non giungeva fino a lui l'offesa miserabile delle loro due inferiorità...

S'avviò verso il salotto di sua moglie. Sulla soglia si arrestò; l'uscio era aperto, ma la grande portiera di damasco antico era calata.

Non origliò, non sbirciò, ma, essendosi arrestato, udì e vide. Sua moglie ricamava, e ascoltava. Santoro leggeva l'articolo di una rivista straniera sull'ultimo volume di Ubaldo Torre. Leggeva, e s'interrompeva ogni tanto, per commentare, laddove la comprensione o l'ammirazione del critico illustre d'oltr'alpe non gli parevano abbastanza profonde. La voce di Graziella disse: «Ma insomma, possiamo esserne soddisfatti? Rende omaggio senza riserve, si o no?».

La voce di Santoro (che aveva finito di leggere e si era disteso sulla comoda poltrona accanto al fuoco) disse: «Sì. L'éminent confrère si degna rendere l'onore delle armi al nostro grande! Ma non lo fa di buon animo... Si sente che avrebbe dato chi sa cosa per trovargli dei difetti. Ma li ha cercati invano. Quel ragazzo è arrivato veramente ad un'altezza... vertiginosa! Dopo Balzac, non so davvero che nome pronunciare prima del suo!».

La sua larga faccia esprimeva una compiuta beatitudine.

Graziella alzò gli occhi dalla sua tappezzeria, sorrise con una gioia che le si dipinse per tutto il volto...

Ubaldo Torre entrò. Il suo stato d'animo era totalmente mutato. Provava una commozione strana... che non avrebbe saputo definire...

Chiese a sua moglie l'indirizzo di un comune conoscente (il primo che gli si presentò alla mente) poi disse col suo tono più mite: «Grazie, cara. Dormono i marmocchi? Ciao, Santoro!».

E se ne andò.

L'aveva raffigurata e forse immortalata, in una decenne sete spirituale della sua bellezza, in numerose tele già celebri, su pareti di cappelle private e di illustri cattedrali, che ora ridevano illuminate dalla sua grazia di Beata, ora piangevano coi suoi belli occhi le tragedie del martirio dei primi cristiani. Egli era un grande pittore credente e pio, sincero e commosso, che si riallacciava, con la sua nobile arte, alla grande famiglia dei pittori sacri del passato. Ma con una tecnica moderna e personale, con una concezione nuova delle simboliche figurazioni delle Fede, ch'egli vivificava e avvicinava alla vita moderna, traendo dagli antichi episodi biblici significazioni di permanente moralità umana, rifulgente di luce divina.

Per il suo cattolicesimo prima, per la sua gloria poi, era stato lungamente negato e combattuto. Ma poichè era un forte, si era imposto a poco a poco e oramai il gregge dei suoi nemici aveva dovuto arrendersi, con le mani alzate... E Francesco Angèra «portava» il suo successo, come aveva «portata» la lunga vigilia, con una calma dignitosa che a taluni pareva fierezza, ad altri umiltà. La sua magra figura di asceta era chiusa come una salda fortezza intorno alle sue passioni. Ma poichè la sua storia sentimentale era stata cantata da lui con la linea e col colore in cento inni alati... così almeno questo suo segreto era diventato, per forza, pascolo della storia e della leggenda. Ma anche la storia e la leggenda, curiose, malevole, indiscrete da prima, furono adagio adagio ricondotte alla semplice verità. A riconoscere, cioè, che l'ispiratrice, la modella, la Musa di Francesco Angèra – sempre la stessa da lunghi anni – la donna unicamente da lui amata, le cui sembianze egli aveva prestate a tante sante e Madonne, non era la sua amante, ma un'amica ideale, una moderna Beatrice, una creatura appartenente più al cielo che alla terra, non solo per la sua diafana bellezza corporale ma per la sua peregrina virtù.

***

Era stata veramente Liliana Cesi, ed era ancora, una donna bellissima e pura, di religioso spirito, di sentimenti elevati ed equilibrati, che pure vivendo in ambiente mondano e raffinato, si era sempre conservata di irreprensibili costumi. Vedova giovanissima, aveva incontrato sul suo cammino Francesco Angèra che non aveva mai appartenuto alla vita di bohème, ma aveva sempre preferita la «buona società» perchè più consimile ai suoi gusti e alla sua educazione. Avevano stretta una di quelle amicizie elevate e pure, alle quali, generalmente, la gente non presta fede, ma di cui si possono citare esempi in tutti i tempi, con buona pace dei così detti furbi, scettici e maldicenti.

Il pittore era stato colpito e conquistato dal fisico di quella donna, che gli era parsa subito fatta a posta per rappresentare i suoi mistici sogni. In Liliana Cesi egli vide più l'arte che la realtà, più l'estasi mistica che la passione umana, più l'idea del suo cervello che il palpito del suo cuore. Ma certo anche il suo cuore d'uomo si scaldò al tepore di quella dolce anima femminile, nella soave amicizia amorosa che li univa, nella suasione dell'abitudine, nella comunanza dei gusti signorilmente squisiti, nella stessa fede religiosa, nella stessa diritta linea delle loro coscienze oneste.

Ella sentendosi esaltata da lui, poetizzata, glorificata nella sua forma esteriore, si era inebbriata di orgoglio al cospetto degli altri e di tenera umiltà al cospetto di lui. E i sentimenti che furono da prima vanità femminile, amicizia, simpatia tenace, riconoscenza devota, si trasformarono a poco a poco in lei in un vero, in un grande, in un profondo amore. E tale amore ebbe la sua parte normale di passione umana... sì ch'ella non ebbe più solo trionfale gioia dall'arte di lui, che di lei si nutriva, ma anche dolore. Perchè ella cominciò ad accorgersi, con l'intuito del suo amore, ch'egli amava, sopra tutte l'altre cose al mondo, l'arte, e che ad essa avrebbe sacrificato tutto, se fosse stato necessario: tutto, sì, anche lei. Pure amandola e dicendoglielo, e dimostrandoglielo, con la sua cavalleresca assiduità, con la sua devota fedeltà, in tutte le maniere più squisitamente dolci e profonde, pure innegabilmente amandola, egli non le chiedeva mai, dopo tanti anni, di unire in modo definitivo e legale le loro due vite. E se non glielo domandava, era perchè non ne sentiva il desiderio, non ci pensava, non trovava in sè nessuna voce che lo spingesse ad iniziare una nuova fase nelle loro relazioni.

Liliana Cesi era per lui l'ispiratrice, il fiore della sua arte e della sua anima, la donna perfetta esteriormente e moralmente, il fulcro della sua stessa vita. E quella lunga amicizia devota e fedele da ambe le parti gli bastava, gli riempiva lo spirito, illuminandolo di sempre nuovi incitamenti all'opera sua. Perchè l'ideale bellezza di lei, se era andata un poco sfiorendo, fatalmente, col passare del tempo, si era in certo modo perfezionata nella intensità della espressione. Tutto il suo corpo era una musica, una sottile sapienza di atteggiamenti pittorici, di lineamenti nuovi e impreveduti che facevano di lei non soltanto una modella, ma una vera e propria collaboratrice. La genuflessione della Vergine Maria – in un celebre quadro di Francesco Angéra – all'annunzio del messaggero divino, sul fresco praticello, tra due mandorli in fiore, era stata trovata da lei, ed era mirabile cosa. L'espressione di una Santa Teresa, ardente di celeste amore, era sua: un indovinatissimo atteggiamento della sua faccia mutevole e della sua comprensiva maschera, che avrebbe fatto di lei una grande attrice.

Inesauribile, intelligente, paziente, tutta vibrante dell'unico desiderio e dell'orgoglio d'essere utile a lui, ella sapeva d'essergli necessaria. Ma si persuadeva con deluso cuore, ch'egli non le avrebbe mai chiesto di più. E col passare degli anni, invece di adattarsi a questo stato di cose, ella si fortificava sempre più nella ribellione. Vivevano come due buoni amici, e coram populo, senza bisogno di alcun infingimento. Per certe opere maggiori andava ella a posare allo studio di lui, la grande aula austera che pareva un tempio, ornata di pochi e magnifici arredi sacri; per altre, veniva egli a ritrarla nella casa di lei, in città, o nella villa che ella possedeva sulle rive di un nostro lago, fiorite di eterna primavera. Ma egli non era mai suo ospite. Abitava in un grande albergo, e andava solo nelle ore del mattino a lavorare a Villa Liliana, appartata e deliziosa, nido di tutte le più raffinate eleganze. Qualche raro amico comune, iniziato ai segreti dell'arte, era qualche volta ammesso ad assistere alle sedute; ed il rispetto per quella coppia di artisti (anch'ella, meritava, in verità, tale nome) era oramai generale ed incondizionato. Chi assisteva ai loro colloqui, poteva cogliere al volo parole come queste:

– Liliana, amica buona, ho una visione che mi tormenta per l'affresco murale di una cappella patrizia. Per il nome della patrona, vorrei rappresentare la regina Elisabetta di Ungheria, quando reca in un lembo della sua veste il pane ai poveretti, contro il divieto maritale... e che, all'improvviso, nelle pieghe del suo manto il pane si trasforma in una messe di fiori. Trovatemi un bell'atteggiamento e un costume non solo storicamente esatto, ma che sia una dolcissima armonia di colori... Volete?

– Sí, Francesco. Lo sento già. Ma credo che il colore del vestito, almeno del manto debba essere rosso. Una fiamma di carità... Una nota calda, accesa... sento cosí. Vi pare, amico mio? Proveremo. Mi direte.

Ma ora la serena anima di Liliana Cesi era velata di malinconia. Perchè? Perchè si struggeva in un assiduo pensiero. Egli aveva toccato i quarant'anni; ella vi si avvicinava. Perchè non essere unita a lui, sempre, eternamente, nella breve eternità della vita? Perchè perdere solo un'ora di lui, ora che le ore terribili si affrettavano più velocemente verso le ore ultime della giovinezza? Ella non avrebbe forse saputo spiegare a se stessa di quali elementi essenziali fossero fatti il suo rimpianto e il suo desiderio impaziente... e forse non si rendeva conto che la donna, vera e normale, era nata in lei, serotina, dalla Musa di un tempo. Ma sapeva che non voleva più essere soltanto la musa del pittorepoeta e la sua dolce amica spirituale, sempre rispettata come una santa, sempre un po' lontana, sempre sopra un altare circonfuso d'incenso. No. Non le bastava più. Voleva tutto di lui. Voleva essere sua moglie. Non dividersi più da lui nemmeno un giorno, avere verso di lui tutti i diritti e tutti i doveri. La sua amante non sarebbe divenuta mai. La sua coscienza pia glie lo avrebbe impedito, così come la profonda coscienza religiosa non lo avrebbe concesso a lui. Egli l'amava. Non c'era altra donna nella vita di lui, ella lo sapeva; se non forse ore fuggevoli di debolezza umana che non meritavano considerazione, nè gelosia...

Allora? Egli era di buona nascita, ma socialmente inferiore a lei. Egli si era arricchito, sì, negli ultimi anni, ma la fortuna sua ancora non raggiungeva quella cospicua di lei. Ella era di alcuni anni di lui più giovane. La sua bellezza, la sua riputazione d'indiscussa purità, facevano di lei una moglie degna dell'uomo glorioso e moralmente perfetto che dava mirabile esempio di unità morale fra la sua vita e la sua arte. S'egli non parlava... chi sa per quale pigrizia del suo carattere, tutto assorto nelle creazioni d'arte, perchè non avrebbe parlato lei, finalmente?

***

E parlò. Non apertamente, da prima, non assalendo la posizione ma donnescamente girandola, tentando attacchi di fianco per dir cosí. Egli non comprendeva o fingeva non comprendere.

Ma una volta ch'egli andò da lei, dopo un'assenza di alcuni giorni, nei quali era stato indisposto, ella si mostrò, come veramente era, triste e preoccupata. Gli disse:

– Quanta pena mi ha fatto, amico mio, di sapervi malato e solo, nella vostra casa! Non potervi assistere è stato ben doloroso per me!

– Mi assisteva il vostro spirito, Liliana. In tutte le ore. Vi sentivo presente, in me e fuori di me. Non basta?

– No che non basta! – ella replicò vivacemente. – Il vostro domestico, la vostra vecchia governante non possono curarvi col cuore... col quale vi avrei curato io!

– Un'infermiera, voi, Liliana? Voi che siete una stella, una fata, l'astro che conduce la mia vita? No, voi non siete fatta per le umili cose terrene... Non muovetevi! State cosí. Con le mani giunte, come siete in questo momento. Disegnate tale una linea di espressiva grazia... Sento come una musica che canta in me...

Ed estrasse un libriccino e una matita, accingendosi a schizzarla nell'atto in cui era veramente bellissima, tutta vestita di bianco, con le braccia uscenti da molli maniche larghe e le mani congiunte che parevano lievi ali di colombe... Ma ella scompose l'atteggiamento, nervosa e turbata. Si alzò, si mise a percorrere la vasta stanza col suo passo leggero e ritmico che aveva qualche cosa del movimento dell'onda che si scioglie sul velluto dell'arena... Egli la guardava sorpreso. Ella gli si fermò dinnanzi, ad un tratto, e disse, con la voce tremante:

– Francesco, mi credete voi degna di essere vostra moglie?

– Liliana! – egli esclamò turbato.

Le prese le mani, glie le baciò a lungo, la trasse accanto a sè.

– È troppo per me. Non pensate? Ho già tanto di voi, da tanto tempo... da sempre, mi pare. Siete tutta la mia vita. Ho pensato molte volte a quello che voi mi dite... e non avevo mai il coraggio di farvi la proposta... perchè...

Esitò un poco. Era commosso, quasi smarrito.

– Perchè? – ella incalzò.

– Perchè... Voi siete troppo intelligente e comprensiva perchè io non abbia il dovere di aprirvi tutto il mio pensiero, tutto il mio sentimento. Mi pareva... mi pare che la nostra unione umanamente completa, che pure mi sedurrebbe tanto, scomponga, guasti qualche cosa della ideale bellezza della nostra unione spirituale...

– Voi non mi amate, ahimè! – ella esclamò, e si accasciò sul divano tra i grandi cuscini di damasco cremisi, col volto tra le mani.

Egli, per la prima volta dacchè la conosceva, osò cingere con le sue braccia la persona di lei, chinarsi su di lei in amoroso atto, accarezzare con le dita i suoi densi capelli, che avevano prestato al suo pennello i loro divini riflessi, le loro volute, le loro onde fluenti...

– No, Liliana, non bestemmiate, non dite cose che non potete pensare! Siete la mia musa, la mia stella, la mia vita! La creatura del mio sogno, l'ala del mio ingegno, il mio tutto! Siete talmente in alto per

20

me, che tremo quasi di religioso timore all'idea di farvi scendere dall'altare sul quale vi ho collocata... per fare di voi semplicemente... una donna...

– Una donna felice! – mormorò Liliana.

– Non è una profanazione? I vostri occhi divini sono gli occhi delle mie sante e delle mie Madonne, alle quali le folle si prostrano. Le vostre pure mani sono quelle che io ho date alle pie vergini che benedicono e che pregano... il vostro corpo, che si conserva intatto e primaverile come un giglio, tiene lontana da voi la tentazione come le cose troppo belle e troppo alte che intimidiscono e non accendono il senso... Non è troppo tutto ciò, Liliana, per una semplice mortale, per una moglie?

Ma ella disse quel giorno, ed altri giorni ancora che non era troppo. E Francesco Angèra vinse la strana impressione di profanazione di un ideale, si persuase, si accese. Avvenne in poco tempo in lui quello che non era avvenuto in lunghi anni: si innamorò umanamente di Liliana Cesi nella quale cessò di vedere la sua musa per vedere in lei, finalmente, una creatura di sesso diverso, ardente e desiderabile, tenera e appassionata, che voleva vivere con lui non più il sogno ma la realtà, la trionfale, imperiosa, invincibile realtà.

***

Furono marito e moglie, si amarono intensamente, terrenamente, largendo l'uno all'altra piccoli grandi mondi ignorati di mortale, normale, umile e superba felicità. Erano due puri, due casti, due ricchi di fresca vita molteplice che stava nascosta. Due pii, atti solo a trovare nella gioia legittima la perfetta letizia. E furono felici, come si è nell'estate della vita, quando si ama e non si vuol perdere un'ora, e si ha paura del tempo che fugge. Provarono la grande piena felicità un po' insaporata di paura e di melanconia... forse la più profonda di tutte le amorose felicità.

E così sfogliandosi i giorni come petali di fiori dai più sottili e penetranti profumi... passarono per la coppia perfetta alcune dolci lune... ed altre ed altre ancora...

E il glorioso pittore Francesco Angèra, il maestro adorato ed onorato da tutti oramai (anche prima d'essere morto, per vero prodigio!) non lavorava più. La gente diceva: «È troppo felice. La gioia è egoista. Lasciate che si riposi. Non vedete? La sua faccia di asceta si è umanizzata. È ringiovanito. Lasciate che viva la sua vita».

Ma giorni e giorni passavano e nessuno dava al pubblico impaziente la lieta novella che il maestro stesse lavorando a qualche opera nuova. Viaggiava molto con la sua cara moglie, che pareva una sposa ventenne, tutta fresca e rugiadosa di amore. Passavano molti mesi nella villa di lei, sul lago, o nella casa di lui, ch'egli aveva arredata magnificamente per lei, con un lusso fantastico, da principe orientale.

Leggevano, facevano musica, invitavano amici illustri d'ogni paese, sì che la casa del gran pittore e della vaghissima gentildonna era diventata celebre nel mondo elegante artistico internazionale, e l'esservi ammessi era un piacere ambito dagli eletti. Ma Francesco Angèra non lavorava più.

Liliana, per qualche tempo, chiusa nel cerchio ardente del suo raggiunto bene, non se ne accorgeva. Le pareva naturale la sosta nel lavoro del suo diletto, convinta che un giorno o l'altro egli ritornerebbe alle sue opere insigni di poeta del pennello che tutto il mondo ammirava.

***

Erano sul lago, nella villa incantevole, sepolta in un bosco di lucide magnolie e di palme flessuose. Avevano fatte alcune nuove conoscenze, di personalità interessanti maschili e femminili che erano ammesse, ogni tanto, nel nido dell'arte e dell'amore.

Fra le dame, una giovane duchessa inglese, molto bellina, molto elegante, abbastanza intelligente, entusiasta delle opere di Francesco Angèra, era particolarmente bene accetta alla moglie del maestro

21

per la sua fresca grazia giovanile. Un giorno, navigavano, in piacevole compagnia, sulla bianca lancia che portava il nome della proprietaria: Liliana. Il lago era un diffuso incanto. Un leggero velo di nebbia raddolciva i raggi del sole invernale, facendolo quasi sembrare fratello della luna. L'acqua era di un indefinibile colore, che non era azzurro, che forse era lilla, che pareva qua e là color di rosa. E intere ghirlande di fiori d'oro pallido parevano essere state sfogliate dall'alto perchè scintillassero in migliaia di petali tremuli sull'acqua che rifletteva il cielo. Un diffuso incanto. Un'atmosfera di sogno, una suggestione mistica di pace, di spiritualità misteriosa che sollevava l'anima verso cose lontane, verso alte cose ignote e sperate...

Francesco Angèra guardava intorno a sè, dentro di sè, ascoltava una voce che si risvegliava dal sonno. La volontà di esprimersi nel suo vero modo, la pittura, gli suonò dentro come un ordine. Vide un quadro, fulmineamente, che rappresentava e riassumeva la sua commozione. Dalle acque, dalle nubi, dalle montagne nevose arrossate dal crepuscolo, dal cielo che baciava il lago... da tutte quelle linee e quelle forme velate, sorrise dal sole pudico, sorgevano, scendevano, prendevano forme umane e divine al tempo stesso, angeli esili e biondi, adolescenti bellissimi, figure quasi irreali eppure perfette, raggianti dagli occhi e dai sorrisi lume di bontà e d'innocenza... I genii buoni che l'uomo trova nella natura, i fiori del bene che la coscienza pura sente sempre aleggiare intorno a sè quando si abbandona agli alti colloqui con l'infinito... gli angeli che la religione ha consacrati nel culto. Verità eterne idealizzate, più reali e vicine all'umanità di quanto lo scetticismo sospetti o il materialismo rinneghi... Tutti coloro che navigavano sulla imbarcazione che lentamente si avvicinava alla riva, ebbero l'intuito di quello che accadeva nello spirito assorto del maestro. Sua moglie, prima di ogni altro, aveva penetrato il suo pensiero, e intimamente ne esultava.

Lady Giorgina, esile e bionda, nel pesante e molle mantello di un verde lucente, quello che sulla tavolozza si chiama «verde inglese,» con un gran velo svolazzante della stessa sfumatura, con le sue movenze lunghe un po' ieratiche, offriva come dal pannello di un antico trittico senese, la sua figurina quasi immateriale.

– Perchè mi guardate così fisso, maestro? – chiese ella con la sua voce un po' gutturale, un po' intimidita, un po' superba di quell'attenzione che l'aveva fatta arrossire.

Sembrate l'angelo nocchiero del secondo canto del Purgatorio, duchessa: oppure uno dei due angeli guardiani dell'ottavo:

Verdi, come fogliette pur mo nate,
Eran in veste, che da verdi penne
Percosse, traean dietro e ventilate.

– Siete una forma vivente del mio pensiero. Il modello necessario al quadro che ho dipinto or ora nella mia mente. Volete posare per me? Il duca lo permetterà, ne sono certo, da buon amico dell'arte. Non troppe sedute. Non vi stancherò... Ma mi siete necessaria. Domani, domani stesso bisogna venire a posare... Liliana vi prega con me... Non è vero, cara?

Liliana nascondeva nel suo ampio velo il pallore che le aveva invaso il volto. Si sentiva tutta bianca e gelata, come una morta. Non parlò. Non avrebbe potuto. Erano giunti. Discesero. Si separarono appena tocca terra. Ella entrò nella sua casa... tutta un tremito e tutta un nodo di pianto. Suo marito se ne accorse subito, ignaro della causa, e, amorosamente turbato, la seguì nelle stanze.

– Amore, amore, che hai?

Ella scoppiò in un pianto dirotto di bambina sconsolata, senza pudore e senza fierezza, posseduta tutta dal suo profondo dolore.

– Che hai, che hai? – insisteva lui, prendendola fra le braccia, accarezzandola, riscaldandola col suo respiro. Angosciato fino alla radice dell'essere, oblioso di tutto quanto non fosse lei, la sua Liliana, la sua donna cara, l'unica creatura che egli amasse sulla terra!

– Non sono più io, non sono più io la tua modella? La tua ispiratrice, la tua musa? Un'altra? No, no, non voglio! Non è possibile... È mostruoso! Non lo permetterò mai!

– Tu?! Ma tu sei mia moglie, la mia adorata donna, la mia amante, Liliana! Ti vedo ora con altri occhi, con altro cuore, io! Le imagini che tu desti in me... non sono più imagini pure... no. La gioia terrena è tra noi, adesso... Tu sei per me la voluttà e l'ebbrezza. La tua persona è mia, solamente mia. Tu parli profondamente, terribilmente all'uomo mortale, ora, ma alla parte di me che sogna e crea, Liliana, tu non puoi parlare più...

Ella non comprendeva abbastanza tutto quello che suo marito le diceva... ma vedeva i suoi occhi pieni di faville d'amore, sentiva la passione nella sua voce calda, sentiva forte e tenace la stretta delle sue braccia... sí che piangeva ancora e pure sorrideva tra le lagrime...

– È l'eterno dissidio fra la realtà e il sogno – disse egli con voce grave – Ti lagni tu forse della realtà... che hai voluta e che ti ho data? Se non è cosí, mia Liliana, lascia che l'artista colga dove li trova i fantasmi fuggevoli del suo sogno...

– Non più la tua musa, non più... – si lamentava ella in un debole sussurro... ch'egli spense con le sue labbra, appassionatamente...

La primavera dell'anno scorso, a Pallanza, era tutta un sorriso d'acqua, di terra e di cielo.

L'Hòtel Eden (troneggiante dall'alto, nella sua architettura di caserma, nobilitata dai meravigliosi giardini in fiore, che gli si distendono intorno, in pendío, come tappeti persiani) era pieno zeppo di forestieri. Fra i pochi italiani, una signora bella, interessante e molto elegante, che attirava l'attenzione ma che concedeva a ben pochi la grazia di avvicinarla.

Era una donna che bastava a se stessa, che non si annoiava mai, perchè aveva una ricca immaginazione che le teneva buona compagnia. Sulla trentina, divisa dal marito (per colpa di lui), ricca, della miglior società, intelligente, amava tutte le cose belle della vita, ma preferiva se stessa a tutte le cose e a tutte le creature.

Essa poneva fra i beni di questo mondo anche l'amore, che aveva conosciuto solo di sfuggita, con suo marito, il quale tosto l'aveva delusa. Era stata due o tre volte sul punto d'innamorarsi, ma sempre qualche fatto era giunto a salvarla in tempo, diceva lei. Dei nonnulla, delle sfumature, dei piccoli fatti quasi senza nome e senza volto, avevano ostacolato, all'ultimo momento, la completa persuasione amorosa che conduce alla catastrofe.

Era di una sensibilità psichica straordinaria la contessa Marichette (battezzata Maria Enrichetta, ma da ognuno così chiamata) e il suo cervellino dominava tutte le altre frazioni della sua individualità. Aveva un acuto senso critico, che le impediva di ammirare e di amare senza riserve, e il suo selfcontrol sorgeva sempre fra lei e gli oggetti del suo amore. Ma quella volta, nel tremulo incanto d'azzurro e d'oro di Pallanza, in faccia alle isole fatate che sorgono quasi per prodigio dalle onde, in mezzo ai giardini delle Esperidi tutti trapunti di giacinti, di tulipani, di violaciocche, ella credette veramente d'essersi incontrata in colui al quale non avrebbe potuto resistere.

Era un rumeno, bello, intelligente, oltre ogni dire seducente: il conte Carol Dobescu. Un po' uomo politico, un po' letterato, autentico signore, era stato in diplomazia, aveva girato il mondo, aveva una grande cultura, uno spirito finissimo, un senso innato della donna e di tutte le arti che conducono alla sua conquista.

Era ammogliato, con due figli sui dieci e dodici anni. Ma la famiglia era a Bucarest. Parlava raramente di sua moglie come di persona cui lo legassero soltanto doveri e ricordi. Anche sua moglie viaggiava spesso, ma evidentemente i due coniugi preferivano la propria libertà: di comune accordo, uniti solo nell'affetto verso i due figliuoli. Uno di quei matrimoni moderni, poco morali, ma che rappresentano un modus vivendi, una transazione, nell'interesse famigliare e sociale: così pensava Marichette. E provava un po' di rimorso verso quella lontana donna, il cui marito faceva a lei così appassionata corte, ed era forse alla vigilia di ottenere il sospirato compenso.

Marichette, per quanto cerebrale, moderna, superficiale, di elastica coscienza, non era corrotta e qualche sentimento onesto poteva fiorire ancora su dalla sua anima anestetizzata dall'esempio di permanente amoralità che respirava nell'aria, nel suo mondo... Aveva pietà di quella donna che non conosceva... e se la trovava spesso accanto, fantasma importuno, nei colloquii con Carol Dobescu, che cominciavano a diventare significativi e febbrili.

Com'era bello il paesaggio, e come fatto per l'amore! Marzo pareva maggio e le pallide rose di Pallanza, piccole e divinamente profumate, facevano già esplosione nei vecchi giardini seicenteschi dell'Isola Bella e di San Remigio; e occhieggiavano qui e là dal verde fresco e ombroso delle selve e selvette lacustri, tutte fresche e roride delle azzurre onde che le allacciano in un liquido amplesso.

***

La contessa Marichette non aveva mai incontrato un uomo che le piacesse come quello. Alla sua fiorente bellezza bionda era omogenea corporalmente e spiritualmente la magra persona bruna del rumeno che aveva dei profondi occhi d'Oriente e una limpida e suadente grazia latina per parlarle d'amore. Passeggiavano insieme, andavano in barca, remavano a due, sotto la protezione di un vecchio barcaiuolo che somigliava a Napoleone, col suo bel profilo aquilino e che portava una cacciatora di velluto color tabacco.

All'albergo, il loro duetto, era ormai un fatto accertato che faceva le spese di conversazioni in tutte le lingue, nella lunga veranda tappezzata di stoffa a grandi righe chiare, coi divanetti e le poltrone ornate di bizzarri cuscini futuristi, dove si prende il tè al suono dell'orchestrina, in faccia alla lunga parete tutta traforata di finestre che s'aprono sulla visione vaporosa del lago, incontro ai profili delle montagne.

Ma «il fatto» non era ancora compiuto, se pure sembrava avvicinarsi ineluttabilmente...

Quell'uomo piaceva a Marichette e contentava il suo cervello assetato di bellezza in tutte le manifestazioni della vita. Le cose comuni e mediocri la disgustavano. Ella sapeva, per esempio, che avrebbe voluto per amante un uomo magnifico o un mostro: mai una mediocrità. Un uomo intelligentissimo o addirittura un semplice, un «puro folle» qualsiasi. Un gran signore suo pari, o una specie di mendico.

Mai il luogo comune, la piccoletta verità quotidiana, insulsa e borghese.

Carol era bello, ancor giovane (sui trentacinque), gran signore (di famiglia principesca addirittura), possedeva un superbo castello sul Danubio, dove scriveva, solo coi suoi pensieri e coi suoi sogni. Nel consorzio, era un dominatore. Deputato influente, si parlava di lui come futuro ministro e sarebbe salito certo fino ai più alti gradi della carriera politica. Scriveva versi, ed aveva nel suo Paese e anche in Francia buona fama di originale poeta. Oltre a tutti questi meriti, aveva quello di amarla appassionatamente.

E Marichette era stata presa al contagio di quel veemente e squisito amore d'uomo d'ingegno e di mondo che per lei era diventato come un adolescente alle sue prime armi, tanto era fresca la sincerità del sentimento che provava per lei.

Erano in lui una forza e una dolcezza che l'avevano a poco a poco soggiogata. Aveva una voce così maschia e così soave insieme, che conferiva significato profondo alle più semplici parole. Il suo sguardo espressivo, un po' duro qualche volta, si vellutava di carezze avvolgenti quando si posava su di lei... e il bel francese cosmopolita ch'egli parlava, aveva una musicalità che le pareva nuova e singolare non solo nelle parole tenere, ma in ogni sillaba che uscisse da quelle labbra.

Era colui un amante nato. Non un volgare don Giovanni, ma un erede spirituale di Tristano e di Romeo. Era molto amato, perchè molto sapeva amare. Come resistere al suo fascino? Marichette diceva a se stessa che la resistenza era oramai inutile, e che l'abbandono totale era oramai solo l'ultima tappa del fiorito cammino che avevano già percorso in due, tutto profumato e insaporato di ricordi deliziosamente memorabili.

Dove avrebbero essi consumata l'ora divina? Per una simile coppia di raffinati amanti, il nido doveva essere stupendo.

Ma c'erano anche le convenienze da salvare. Non potevano già scegliere un talamo di camelie rosse sfogliate, nel deserto viale di una villa, nè la camere di lei o quella di lui, all'albergo dove abitavano, sotto gli sguardi della folla curiosa; nè la barca, a fiore dell'acqua cilestrina, che aveva per pilota il vecchio Napoleone, insistente nell'attenderli al varco e nell'offrire i suoi servigi...

Dove, dunque, trovarsi insieme, soli e insospettati? La Pasqua si avvicinava e la contessa doveva rientrare a Milano, per passare le feste con sua madre... e il rumeno scongiurava l'amata di indicare un luogo, un giorno ed un'ora...

Ella non si decideva. Lo amava. Ma amava ancora di più se medesima, la sua riputazione le convenienze. «Avere un flirt è ammesso, è naturale, è quasi doveroso, per una bella donna. Ma avere un amante è un'altra cosa. Almeno, bisogna averlo con prudenza...».

Così diceva a se stessa Marichette. E teneva sulle spine, anzi, sui carboni ardenti, il suo amatore. Il quale ebbe un'idea. Disse: «Marichette del mio cuore facciamo così. Io parto e vado a stabilirmi a Stresa. Voi, dopo due giorni, mi raggiungete. C'è poca gente, non siete conosciuta là, potete fidarvi. Staremo là, sempre insieme, ininterrottamente, fino alla vostra partenza per Milano. Va bene? Marichette bella, Marichette bionda, dite di sí!»
Ella disse di sí. Ed egli traversò il lago, beato...

***

Il giorno stesso della partenza di Carol Dobescu, arrivò all'Hôtel Eden un vecchio diplomatico italiano, amico dei genitori della contessa, che aveva veduta lei bambina. Un gentiluomo di antico stampo, con un bel nome, exambasciatore, mediocre come politico, ma perfetto galantuomo, piacevole causeur, che aveva girato il mondo e sapeva a memoria vita e miracoli di tutte le società eleganti di tutte le capitali d'Europa. Egli fu lietissimo di trovare lí Marichette, che amava come una figlia (almeno diceva così) ed essa fu molto contenta di chiacchierare in quei due giorni col vecchio marchese che sapeva un'infinità di storielle divertenti, vecchie di cinquant'anni e fresche di pochi giorni, che egli raccontava col suo erre savoiardo, col suo spirito scettico, d'uomo che aveva una pessima opinione dell'umanità..., ma che non se ne amareggiava nè punto nè poco. Egli si definiva felicemente: un ottimista del pessimismo.
Saputo che era partito dall'Eden il mattino il conte Carol Dobescu, si rammaricò con Marichette di avere perduta l'occasione di stringergli la mano, professandosi sincero ammiratore di quell'uomo notevole per tante svariate qualità.
Marichette, che aveva così poche notizie della vita di Carol, e che ne era assetata, assunse un tono disinvolto e disinteressato, e si mise a intervistare il marchese con donnesca abilità diplomatica. Il marchese, che sapeva Marichette fredda ed impeccabile, non indovinò (da buon diplomatico tradizionale!) quello che si agitava nell'animo di lei, e parlò a cuore aperto.
«È un giovane di grande ingegno, che ha tutto per arrivare molto in alto nella vita; cioè, avrebbe tutto, se...». Sospirò, fece schioccare la lingua contro il palato, ingoiò il fumo della sua profumata sigaretta di contrabbando, e si arricciò nervosamente la punta dei baffi bruni ...che i maligni dicevano fossero tinti all'hénné.
«Cosa, dunque, caro cattivo marchese?» chiese Marichette senza dimostrare eccessivo interessamento, sembrando animata solo da un poco di mondana curiosità e molto occupata ad assaporare la sua deliziosa sigaretta, uscita dalla scatola d'oro del marchese,
«Senti, cara piccina, non ho scrupolo a parlare, perchè la cosa non è un segreto per nessuno, purtroppo. E forse tu non incontrerai un'altra volta il conte Dobescu. Ma è un fatto che la vita di sua moglie è un vero scandalo! Si, perchè non si dovrebbe abusare di niente nella vita... nemmeno del permesso di far ridere il prossimo! Già, figurati, bimba mia, la contessa Dobescu ha avuta ed ha una ininterrotta serie di... amicizie.., che la rendono celebre! Ma il peggio si è che rendono celebre anche suo marito! Ed è un vero peccato, perchè volere o non volere, qualche sprazzo di fango sale fino a lui... e nella sua posizione ciò può essergli di danno. Oh Dio! non ci mancherebbe altro che le mogli... leggere (diciamo così) degli uomini politici chiudessero la strada ai mariti... Quante carriere spezzate, allora, sacàpapier! Ma via, c'è modus in rebus! Il conte Carol è un po' troppo... come diremo? Insomma..., troppo numerose! Una tremenda corona che non gli giova! Peccato! Una cosa veramente deplorevole».
Marichette, che ogni tanto aveva gettata a fior di labbro, da attrice provetta, una breve interiezione, si decise a chiedere con la sua voce piana: «Ma come mai tollera egli una condotta simile? Sa o non sa?».

Erano nella veranda dell'Eden, in faccia alla visione del lago che a poco a poco si oscurava. Il marchese aveva la vista un po' debole e gli sfuggiva la strana accensione sulle rosate guancie della contessa. Disse: «Punti interrogativi per tutti! Un cumulo di misteri. Egli non ama più sua moglie, questo è chiaro perchè anche lui passa, come una farfalla, di fiore in fiore. Ma questo non è un argomento. Le leggi morali che regolano la condotta di un uomo e di una donna – giuste o no – sono diverse. Sa o non sa? Per me, è indiscutibile che sa. Impossibile essere così ciechi quando si è intelligenti come Carol. Allora, perchè tollera? Questo è il busillis! Sua moglie è molto ricca, è imparentata con cospicue famiglie. Ma anche lui è ricchissimo e di principesca stirpe. Ama il quieto vivere, forse... Non vuole privare i figli della madre, probabilmente. Non glie ne importa affatto di sua moglie, è evidente! Ha una sua morale... dell'avvenire? Chi sa? Insomma, tollera, finge ignorare, è nei migliori rapporti con la contessa, si diverte... e porta con elegante disinvoltura le sue... la sua... posizione! Voila!».

«Allora – disse Marichette con una risata che parve un po' strana perfino al vecchio scettico gentiluomo – allora, se è contento lui, non lagniamoci noi!».

«Io mi lagno. Perchè lo chic non risolve una posizione difficile e non lava le macchie d'unto! Noi della vecchia guardia siamo più severi. Ci piace che chi occupa posizioni alte possa essere guardato da tutte le parti senza offrire il fianco alla critica... e senza far ridere di sè! Per questo, forse, non ho mai preso moglie... Se avessi trent'anni di meno... metterei ai tuoi piedi un mucchio di cose non del tutto disprezzabili, Marichette». E fece gli occhi di triglia fritta...

«Non si ricorda più che esiste a questo mondo un uomo che è mio marito?» disse lei: e rise ancora.

E parlarono di quell'uomo incomodo, e di tante altre più o meno liete cose.

Il vecchio marchese trovava che ai suoi tempi le dame sorridevano e non ridevano così forte come Marichette...

Ma più tardi, nella sua camera, questa non era più la gaia, irrequieta signora di poco innanzi. Simulare l'allegria le era costato uno sforzo enorme. Era scombussolata. Un profondo mutamento era avvenuto nel suo cuore. L'idolo che da qualche tempo vi troneggiava, era improvvisamente caduto, frantumandosi. Cioè, il conte Carol Dobescu, l'uomo che l'amava e che l'attendeva, ch'ella amava e verso cui doveva correre l'indomani, non esisteva più per lei. Le parole del vecchio gentiluomo lo avevano distrutto agli occhi di lei. Perchè? Essa non sapeva spiegarselo, ma sentiva che non poteva porvi riparo. Egli era morto per lei, e la resurrezione era impossibile.

Non vedeva più, dacchè il vecchio amico aveva parlato, l'uomo seducente e innamorato, l'amante messo dal fato sul suo cammino; ma solo il marito gabbato, tollerante o cieco, cinico o imbecille, spregevole in ogni caso, indegno d'essere amato da una donna come lei! L'ombra di quel... disonore lo macchiava e lo imbruttiva siffattamente, ch'ella non vedeva più in lui nessuno di quei meriti che prima l'avevano affascinata. Forse avrebbe potuto continuare ad amarlo se avesse saputa di lui qualche grave colpa. Anche un uomo che abbia commesso un errore, financo un delitto, può trovare grazia nel cuore di una donna. Ma un uomo ridicolo, no.

«È ingiusto forse il marchio di scorno che il mondo impone ai mariti delle donne infedeli. Ogni uomo dovrebbe esser chiamato a rispondere delle proprie azioni e non di quelle altrui; ed è forse crudele fargli portare la responsabilità delle canaglierie degli altri... Ci sono esempi di uomini egregi, anche sommi, che furono afflitti da mogli dissolute... Tant'è. Non è permesso far ridere la gente alle proprie spalle. Il ridicolo, che tradizionalmente fatalmente, bolla la fronte dei mariti gabbati, deve avere una ragione profonda e permanente che non muta per mutare di tempi e di costumi. Se il tradimento della moglie è per il marito un motivo di tragedia, allora la sua dignità è salva. Ma se l'avvenimento, nella placida accettazione, diventa una farsa..., allora la rispettabilità dell'uomo è spacciata».

Marichette pensò e ripensò tutto questo distesa sul divano, vibrando in tutte le sue belle membra, lunghe e serpentine, di fremiti di ribellione quasi visibili sotto il candore della sua epidermide e sotto la lieve stoffa che la vestiva. Provò, in coscienza, a cercare per lui delle attenuanti: «È egli forse meno bello, meno intelligente, meno innamorato, per questo? Non sarei io dunque andata domani a Stresa, con gioia, se il marchese non avesse parlato? Verso di me ha egli mutato, ha peccato in qualche modo? No, certamente no. Ma ha peccato contro l'ideale ch'io m'ero fatto di lui, si è disonorato agli occhi miei, mi disgusta, non mi piace più, non l'amo, non sento di lui pietà, ma disprezzo...».

E provò una sorda rabbia verso di lui, verso se stessa, un'amara delusione pel sogno infranto, un'ira fonda per la sua debolezza, per tutte le debolezze umane... per la stolta illusione che ci fa sperare, credere di trovare qualche cosa e qualcuno di bello e di buono sulla terra popolata di bassezza e di volgarità!

«Se fossi pia come la mamma, direi che Dio si serve di tutti i mezzi per menarci pentiti, lungo le vie della salute... Questa volta si è servito di...».

Sorse ad un tratto dal suo giaciglio, mormorando a denti stretti: «Vigliacco!» e si sedette alla scrivania ornata di oggetti d'arte e di fiori, nell'angolo della camera ch'ella aveva addobbata con gusto squisito, sí che pareva il salottino di una casa signorile. Sulla sua bella carta stemmata e profumata, con la sua grande scrittura elegante, nel suo bel francese (che, se non era quello di Madame De Sevigné, non era nemmeno il gergo dei moderni romanzi) scrisse una semplice, candida, perfida letterina, che avrebbe anche potuto smarrirsi, ed essere letta dal più malevolo lettore, senza menomamente compromettere la dama che l'aveva mandata:

«Caro conte, come si fa? Non posso più mantenere la quasi promessa fattale di venire a prendere il tè con lei a Stresa. È giunto un vecchio amico della mia famiglia per passare qui due giorni, e a lui mia madre ha dato l'incarico di farmi da cavaliere fino a Milano. Mi scusi. So che Lei è un uomo straordinariamente indulgente verso le debolezze femminili. Sia dunque indulgente con me... che sono, invece, severissima verso ogni debolezza umana!

«Mi sento molto colpevole e mi punirò!

«Buon viaggio. Auguri.

«Contessa Maria Enrichetta X di X».

L'avevo battezzata così, tanto era fresca, limpida e casta. Una fanciulla tradizionale, casalinga, buona serena e pia. E bella come un sogno. Figlia di nobili di provincia, poco ricchi, sorellina maggiore di una numerosa nidiata, aveva poca dote e dava, a malgrado dei suoi molti meriti, qualche preoccupazione ai suoi genitori pel suo collocamento.

Invece, appena diciottenne, oltre ai parecchi ammiratori decorativi, che non turbavano la limpida giocondità di «sorella Acqua», si presentò sul suo breve orizzonte un candidato alla sua mano che possedeva tutti i requisiti di un futuro marito ideale. Una perla di giovane, sospiro di tutte le mamme con figlie disponibili. Di nobile famiglia, agiato, già laureato in legge, già entrato nello studio di un grande avvocato, cultore di buoni studi, di bella apparenza, sano, retto, di onesti costumi. Non si poteva desiderare di meglio per una figlia diletta: e i genitori di Lucetta incoraggiavano con dignitosa condiscendenza il rispettoso corteggiamento che il giovane conte Pierluigi dedicava alla loro vaga figliuola.

E lei, sorella Acqua cosa ne pensava? A me interessava vedere se quella placida superficie di laghetto alpino si sarebbe commossa o almeno un poco agitata, all'omaggio assiduo e promettitore.

Osservavo.

No. Niente. Sorrideva, scherzava con Pierluigi come con gli altri giovani amici, ballava, giocava al «tennis», suonava il pianoforte... come una bambolina meccanica, con buona tecnica e poca espressione, continuava a dimostrarsi semplice ed affettuosa come una gattina, con una sensibilità poco sviluppata, contenta di vivere, creatura di grazia più che di passione, destinata forse a rimanere, nell'anima e nel senso, una deliziosa, una pura, un'eterna bambina: sorella Acqua!

Qualche volta era perfino irritante a forza di placidità, perchè tutti, meno lei, si accorgevano che Pierluigi si andava celeremente riscaldando e che i parenti di lui non domandavano di meglio oramai che di affrettare il giorno del fidanzamento ufficiale.

Qualche volta, quando ella veniva a sedersi ai miei piedi e mi baciava le mani teneramente, con tutto il moderato calore di cui era capace il suo piccolo cuore equilibrato di «jeune fille modèle», a me piaceva chiederle all'improvviso, sgombrandole la fronte dai morbidi riccioli d'oro: <A che cosa pensi, sorella Acqua?»

E lei, schietta, senza turbarsi: «Al vestito nuovo che mi porterà domani la sarta». Oppure: «Alla torta che farò per ubbidire alla mamma... che tiene molto alla mia abilità culinaria... che desta le mute ire della cuoca!». O ancora: «Al romanzo inglese che sto leggendo, pieno di personaggi antipatici!».

Risposte press'a poco così... Una volta le chiesi – E a Pierluigi, non pensi mai?

Ed ella semplice e pronta, senza arrossire: – Qualche volta, sì. Ma lo vedo così spesso, che non ho tempo di pensare a lui, quando non c'è!

– Ma gli vuoi un po' di bene, sí o no, a quel bravo figliuolo?

E lei, dopo un attimo di esitazione: – Credo di sí. Lo stimo molto... e sono anche lusingata che... si occupi di me! – Fece una bella risata, come un trillo di allodola, che scoprì tutto il fresco tesoro della sua bocca.

– Senti, piccola, dimmi una cosa: se Pierluigi chiede la tua mano, lo accetti per marito?

Ella si fece seria. La serietà su quel volto di perle e di rose che dà la stessa impressione fresca di un paesaggio, è quasi una stonatura, quasi un controsenso... Dopo un momento di riflessione, Lucetta dice piano, lentamente: – Ma! Forse sí... La mamma dice che devo maritarmi, che Pierluigi è un ottimo partito... e così sia!

Un'ombra di tristezza vela la celestiale fronte della ragazza... e un senso di pena mi si distende sul cuore. Dico: – Ma, non sei innamorata di lui, come lui è di te? Pensaci bene e dimmi la verità.

– Cosa vuol dire, veramente, essere innamorata? Non lo so bene. Penso, qualche volta, che l'amore deve essere una cosa grande... molto bella, ma che fa anche un po' paura, e non so se mi piacerebbe provarlo... Pierluigi non lo amo così, no, no! – e ride gaiamente – ma gli voglio bene. E non mi ripugna il pensiero di passare la vita accanto a lui... Però...

– Però?

– Non so... Non so spiegarmi. Qualche volta temo che... no, non voglio dirlo, nemmeno a Lei! Povero Pierluigi!

Non riuscii a cavarle altro di bocca. Ma l'osservavo, nell'ultimo autunno, nelle frequenti riunioni tra i villeggianti della nostra magnifica plaga romagnola, che il gran nastro bianco della via Emilia allaccia. Già. Lucetta non amava d'amore il suo quasi fidanzato. Gli dava quello che poteva dargli. Ed egli, del resto, non pareva chiedere di più. Perchè sembrava felice, addirittura al settimo cielo, quando era vicino a lei, quel bel giovane, alto e vigoroso, con una buona onesta faccia di galantuomo, con una intelligenza equilibrata, con una salda tempra di lavoratore, senza sogni pericolosi pel capo, con l'idea chiara e netta di quello che desiderava diventare e che certo sarebbe presto diventato: un bravo professionista, foderato di gentiluomo, un marito fedele e felice, un padre tenerissimo, un integerrimo cittadino, sindaco certo un giorno della sua città, deputato forse: così come era stato un buon tenente di artiglieria alla guerra, senza paura, ma senza soverchio slancio, che aveva l'animo naturalmente mite, romagnolo nella schiettezza del carattere, ma non nell'irrequieto ardore dell'animo. La composta calma di Lucetta a suo riguardo, non lo offendeva punto e gli pareva naturalissima in una così giovane ragazza di buona famiglia e di esemplare educazione.

Le signorine moderne, con la loro libertà, coi loro «flirts» svariati, con la loro maturità spirituale, gli facevano orrore. Non erano donne per lui... e soleva dire che piuttosto che sposare una di quelle... si sarebbe volentieri fatto frate! Un giorno io gli chiesi: – Ma non sarebbe lusingato, Pierluigi, di destare una grande passione, di vedere una bella ragazza perdere la testa per lei e fare delle follie pei suoi begli occhi?

Egli arrossì, un po' buffo, ancora timido e ingenuo coi suoi ventisei anni, e rispose: – Credo di no... La donna, secondo la mia opinione, è una creatura passiva e per questo più deliziosa. L'eccessiva attività amorosa della donna, mi pare una morbosità... e a me, assolutamente, non piace. In ogni caso, non vorrei mai una donna passionale come moglie.

Credette di avere detta una cosa molto spiritosa e molto «lancée»... e si guardò intorno per assicurarsi che Lucetta non aveva udito. Io gli dissi che oramai egli aveva tracciata davanti a sè la sua via... e che Dio gli prometteva una rara fortuna. Al che egli entusiasticamente assentì.

Ma io provavo nel mio segreto un piccolo rancore verso di lui... perchè intuivo che la felicità che aspettava lui... era assai più fonda di quella che aspettava Lucetta...

Povera piccina! Non meritava anch'essa di conoscere la vita? E la vita senza amore è forse la vita?... O ero io che sognavo?

No. Non sognavo. Ero profeta, come al solito, usando, mio malgrado, dell'incomodo dono di vedere, anzi di prevedere ciò che parrebbe inverosimile e assurdo...

Tutti parlavano oramai del prossimo fidanzamento che si sarebbe solennizzato con un gran ricevimento, prima della fine della villeggiatura. Le ragazze invidiavano Lucetta e facevano buon viso a cattiva fortuna. Le madri delle ragazze erano dignitosamente furibonde e bevevano acque alcaline per curare i danni dei loro travasi di bile...

Io, con le più faticose piccole bugie, secondavo la gioia della madre di Lucetta... e non potevo fare a meno di compiangere un poco sorella Acqua, che aveva una inconfessata e forse inconscia nostalgia di felicità... Perchè, per una giovane donna, cos'è la felicità se non l'amore? E l'amore era ancora per la mia piccola amica, un enigma, un mistero... un mondo favoloso e lontano... Ma all'improvviso, si avvicinò.

Arrivò un giorno in automobile, nel rombo della macchina, nel cattivo odore della benzina. A un tè delle cinque, in una delle ville ospitali dei dintorni. Una villa che ha un chiostro dugentesco pieno di poesia e una gentile padrona di casa dall'anima francescana. C'era molta gente. Tutti noi, villeggianti.

E si prendeva il tè nel chiostro tappezzato di edere brune, accanto al vecchio pezzo tutto immerso in una grande fiamma di geranii rossi, come se Francesco di Bernardone e Chiara degli Scifi vi stessero prendendo insieme un pasto umano e divino...

L'automobile rumorosa aveva portato un nuovo ospite, inatteso, che fu accolto da tutti noi con accoglienze oneste e liete. Anzi, quasi disoneste... verso le buone usanze delle case di vecchio stile patrizio, per la soverchia effusione della sorpresa e del piacere!

Sandro Serra è un giovane romagnolo che tutti noi conoscevamo di persona o di nome, di cui eravamo un po' orgogliosi e molto curiosi. Un bel tipo. Uno di quegli uomini che gettano nell'ombra tutti gli altri e che si possono discutere, ma che bisogna ammirare.

Se fosse nato molti secoli prima, si sarebbe chiamato un capitano di ventura. Nato solo ventisei anni fa, aveva già date numerose prove del suo temperamento maschio, del suo carattere veramente di roccia e di macigno.

Durante la guerra, come aviatore, aveva compiute imprese sbalorditive, con un fegato da eroe di leggenda, e si era meritate quattro medaglie al valore. Finita la guerra, aveva presa la laurea di ingegnere e si era dato alle imprese industriali di grande stile. Amava le cose difficili, voleva diventar ricco, provava la voluttà di tutti i rischi, si sentiva attratto verso l'ignoto, verso i paesi lontani, verso tutto quello che agli altri incute timore.

Suo padre, con ammirabile comprensione della sua psiche, aveva fede in lui e lo aveva secondato benevolmente, armandosi di pazienza e fornendogli larghi mezzi. E non si era ingannato; perchè Sandro aveva già acciuffata la fortuna ed era stato assunto come ingegnere da una grande società internazionale per la ricerca di pozzi petroliferi nei Balcani. Il petrolio era stato trovato. Sandro Serra era salito alto nella stima dei dirigenti la società, chiamato a far parte di questa, già sulla via di guadagnare somme cospicue. Era tornato in patria ed in famiglia per una breve vacanza con la testa già brulicante di altre imprese, con l'argento vivo addosso, col suo irrequieto spirito di avventuriero sempre teso verso più vertiginose scalate alla fortuna.

Buon figliuolo, gentiluomo per vocazione e per educazione, ma gaudente nato, mirante dritto al suo scopo, convinto del suo buon diritto d'impadronirsi di tutte le conquiste che si offrivano al suo desiderio insaziabile. Amava molto anche le donne, naturalmente, ma non avrebbe mai fatto pazzie per alcuna. Non gli pareva che ne valesse la pena. La donna, no: le donne, sì.

Ma non era un discolo. Era troppo occupato e troppo ambizioso per darsi al vizio, che suole essere l'occupazione dei disoccupati.

Era un bel figliuolo e, più che bello, piacente. Non molto alto, snello, con muscoli d'acciaio, vibrante come una pila elettrica, con un profilo aquilino, da animale predatore, una bocca magnifica e degli occhi grigi dritti come due spade. Le donne ne andavano pazze. Ne avevano un po' paura, e si sentivano attratte verso di lui come dal misterioso fondo di un abisso. Lui faceva per istinto, per abitudine, per attrazione invincibile, la corte a tutte. Una corte alla sua maniera, soldatesca, spiccia, un po' brutale.., e nessuna pensava ad offendersene. Tutt'altro. Alla sua presenza, le donne parevano elettrizzate, o trasportate per incanto in un'atmosfera troppo satura di ossigeno. Era forse un semplice fatto fisico, prodotto dalla sua mascolinità possente e originale; o era la simpatia psichica e nostalgica di tutte le donne per gli uomini di forza veramente superiore che sono, in fondo, l'atavico ideale della femmina di tutti i tempi, la quale ha bisogno, per amare, di essere dominata e d'inchinarsi ad un padrone? Non lo so. Lo studio m'interessava. Mi piaceva vedere quel gallo circondato da tutte quelle starnazzanti galline...

Mi piacque fino ad un certo punto. Poi, non mi piacque più, perchè vidi con la mia solita incomoda seconda vista, che la meno starnazzante di quelle pollastrelle... era proprio quella che si era commossa di più. Lucetta. Proprio lei, ahimè!

La padrona di casa le presentò il nuovo arrivato... e si rinnovò l'antica conoscenza. Sandro aveva lasciata Lucetta quando era ancora una bimba. E la ritrovava raggiante de' suoi splendidi diciott'anni.

Le disse subito la sua sorpresa e la sua ammirazione, e la guardò fissa, un momento, dando l'impressione di volersela bere tutta in un sorso.

Ella sorrise, ricordò il passato, mostrò di sapere tutte le gesta di lui, durante e dopo la guerra. Niente di più. Poi tornò nel crocchio delle sue amiche, poi si lasciò avvicinare da Pierluigi, bello e composto, che non ismetteva un momento di farle la sua solita assidua, pacata, fedelissima corte.

Ma la faccia di Lucetta era trasfigurata! Solo per me, forse... Ma senza possibile inganno.

Sorella Acqua aveva indubbiamente ricevuto in pieno petto il così detto «colpo di fulmine». Come feci ad accorgermene? Non so. Non era il colore, era la sfumatura. Non era la parola, era il silenzio. Non era lo sguardo che rivelava... ma il sogno improvviso che dentro il suo sguardo fluttuava... Si era smossa d'un tratto dentro la limpida acqua di quell'anima una corrente torbida... e una fiammella, invisibile agli altri, metteva intorno al biondo capo dell'adolescente come un cerchio di fuoco...

E la fiammella divenne di giorno in giorno più accesa, divenne fiamma, divenne incendio.

Come mai nessuno se ne accorgeva?

Tutto continuava apparentemente normale e ritmico intorno a noi. L'autunno era un incanto. Le conifere scure e le querce di bronzo erano le sole piante vestite nella campagna già spoglia. Ma il sole era ancora magnifico e ogni tanto una rosa fioriva nelle aiuole già nude con un appassionato languore di ultima primavera.

Si seguivano ancora gli amichevoli ricevimenti nelle ville, e dovunque apparivano Lucetta coi suoi, Pierluigi, e Sandro Serra, che aveva prolungato di qualche giorno la sua vacanza. Ma il riposo non pareva fatto per lui. Era disegnato nelle sue membra il volo. Era un fascio di muscoli e di energie sempre pronte a scattare in qualche gesto brusco e significativo. In quel rosso declinare dell'autunno, egli si riposava facendo all'amore. Rapinava, come un torrente che passa e si prende quello che trova. Serenamente amorale ed egoista, se non vizioso, usando come di un suo onesto diritto. Si diceva che una bella signora fino ad allora impeccabile, avesse misteriosi convegni con lui. Si sapeva che alcune signorine erano pazze per lui. Si vociferava che alcune foresette accorressero ai suoi richiami dentro i boschi profondi della collina, sui tepidi e scricchiolanti talami fulvi di foglie secche... Ma nessuno diceva, chi sa perchè, che la più ferita di tutte quelle donne era la sola insospettata Lucetta, la quasi fidanzata di Pierluigi!

Forse la stessa enormità della cosa difendeva sorella Acqua dai sospetti e dalla maldicenza. Meglio così. Ma a me tutta quella gente pareva cieca e sorda. L'amore di Lucetta per Sandro Serra colpiva la vista e l'udito...

Ella era improvvisamente sbocciata da se stessa come un fiore dal suo bocciuolo. Era stupenda. Una donna. Perfino la sua voce, quando raramente parlava, era un'altra voce. Più calda, più lenta, piena di carezze, quasi non più verginale. Una voce che offriva l'anima... che offriva il corpo... che anelava d'essere soffocata sotto il bacio dell'amante...

Eppure era quasi sempre vicina a Pierluigi, il suo contegno era corretto come sempre, compiva i soliti gesti, conduceva la solita vita. Una cosa sola, mutata palesamente. Aveva paura di me. Non veniva più a buttarsi ai miei piedi, a baciare le mie mani, a chiedere che le mie risate punteggiassero i suoi puerili racconti e gl'inni della sua fresca adorazione per me. Quasi mi sfuggiva... dacchè il «Viandante» era arrivato, perchè intuiva che io vedevo nella sua anima... così come si vede la pietruzza nel fondo della pura acqua del fonte...

Lui si conduceva verso di lei il meno male possibile. La piccola gli piaceva maledettamente... ma era tenuto un po' in soggezione dal suo candore, dal genere direbbesi quasi mistico della sua bellezza, dall'antico ricordo dell'infanzia, dalle relazioni d'intima amicizia delle due famiglie. E nel farle la sua corte, usava riguardi, prendeva precauzioni, difendeva Lucetta, per così dire, dalle possibilità di vittoria che erano in lui. Sposarla, egli non voleva. Ben si accorgeva che, solo con una parola, avrebbe potuto portarla via al mite, buono, bravo, cieco Pierluigi, che di nulla sospettava. Ma non voleva farlo. E qui appariva la parte onesta che era nel fondo di lui. Una volta che non voleva sposarla, perchè rompere quel matrimonio che si annunziava bene auspicato e felice? Così, giocava di audacia e di prudenza insieme, rispettando da istintivo diplomatico, le apparenze. E gli pareva, d'essere galantuomo abbastanza, agendo così... senza rendersi conto del male che faceva a quel piccolo cuore di fanciulla. O forse, se ne rendeva conto. Ma non poteva fare altrimenti. Vedeva una bella creatura che gli piaceva. E glielo diceva. Si accorgeva d'essere appassionatamente corrisposto, e ne godeva. Non avrebbe osato toccarla... quella, no! Non era un eroismo? Forse superiore a quello di roteare nell'aria, o d'immergersi nelle gole nere della terra per rapirle i suoi minerali, o di lottare giornalmente con la vita, col rischio, difendendosi dalle insidie degli uomini malvagi e cercando superarli di forza e di astuzia!

Egli è il viandante. Colui che va, senza riposo, che naviga le oceaniche onde della vita... Non deve fermarsi. Non può. Il suo destino lo chiama altrove più oltre. Forse un giorno, quando avrà le tempie grigie e le reni un po' stanche, e tant'oro nei suoi forzieri.., e tanti ricordi nella sua memoria un po' lassa, allora, forse, si fermerà. Ma per salire su qualche altura. Sceglierà una cima.., dalla quale forse si affaccerà la sua gloria... E sarà solo. La donna non sarà che un episodio, nella sua vita di lottatore. Una via lattea di episodi luminosi... piccini piccini ed evanescenti. Un astro accanto a lui, mai. Le nature così non vanno a coppia. Il Cervino è solo. La sua piramide si avvilirebbe se gli sorgesse accanto una cima gemella...

Povera sorella Acqua! Io osservavo e intuivo tutto il tragico idillio. Di lui comprendevo tutto e quello ch'egli mi diceva di sè confermava esattamente le mie divinazioni. Di lei qualche cosa mi sfuggiva. Non sapevo precisamente fino a qual punto fosse stata acciuffata pe' suoi splendenti capelli biondi. Ma lo seppi in breve.

Fu in casa mia, l'ultimo giovedí della stagione, prima, che si sciogliesse il nucleo dei buoni vicini partenti per le diverse destinazioni invernali. Le macchine, i cavalli, i sentieri della collina e quelli fluviali della Gajana, mi avevano portata una quantità di cara gente amica.

Il gran salone terreno che s'apre sul parco per due finestre e per l'ampia invetriata, era tutto acceso dal sole meridiano e caldo dei buoni ciocchi crepitanti. L'oro delle vecchie cornici, il rosso del broccato, le nobili sagome dei mobili, il sorriso delle piante autunnali sorgenti qua e là dalle ceramiche e dai cristalli, tutto contribuiva a comporre un'atmosfera calda di colori, di linee e di profumi pittoricamente e musicalmente sinfonica. E là in faccia il parco pareva immenso e lontano, e le querce parevano rame incandescente, per la nostra gioia, e gli abeti scuri parevano toccare il cielo con le cime e le colline parevano giocare con la luce, ora coprendosi di sciarpe cilestrine, ora violacee, ora grigioperla, per sedurre i nostri occhi e lasciarci la nostalgia della loro pace divina...

La bellezza e la dolcezza dell'ora e della stagione influivano sugli spiriti. Il tè, le ghiottonerie influivano sui corpi... La creatura a me più cara al mondo si mise a suonare, destando dal gran pianoforte di palissandro, che ha una voce un po' fioca, intima e profonda, flutti di suggestive melodie... Era Chopin, l'unico, l'inarrivabile cantore del nostro pianto umano che nessun balsamo può lenire... Alcuni occhi erano bagnati di lagrime...

Ma la gente ivi raccolta non voleva piangere. Gioia! Gioia!

Si chiesero ad alta voce motivi di danza...

E le care mani sferrarono sulla tastiera eleganti balli moderni, ritmati con birichina grazia.

Alcune coppie si lanciarono nelle volute lente e suggestive del foxtrot «Salomè» che acquistava dignità d'arte dal modo squisito onde le agili dita e la perfetta sensibilità del pianista lo sospiravano... Nel via via della gaia folla, nel tumultuoso incrociarsi delle figure e delle voci, sull'accompagnamento della popolare melodia triste e voluttuosa, un duetto fermò la mia attenzione, e parole rapide colpirono il mio orecchio. In un angolo, nella luce morente del crepuscolo e delle candele rosse che ardevano sugli specchi murali, presso un grande cofano dorato e stemmato, Lucetta e Sandro stavano in piedi come isolati dalla gente.

Pierluigi ballava con una brutta signorina che nessuno faceva ballare.

La voce di Sandro, maschia e contenuta, diceva «Nessuna donna mi è mai piaciuta così. Se non fossi avviato verso il mio destino, le domanderei di sposarmi, Lucetta!».

Ella non rispose con le labbra ma con gli occhi. Erano veramente quelli i suoi occhi? Quell'azzurro si era inverdito, oscurato, vellutato, e nella penombra ambigua fatta di luci artificiali e di ultimi balenii rossi di tramonto, parevano fosforescenti.

Egli riprese: «Se fossi ancora in possesso di un aeroplano, la porterei via con me. Che delizioso viaggio! Verrebbe?».

Ella rispose, risoluta, guardandolo in faccia, spudorata: «Sí». Ed era una sillaba di verità nuda che nessun velo avrebbe potuto coprire.

Egli lo sentí, ed ebbe forse il rimpianto di non poter mutare la propria sorte, di non poter cogliere quel fiore di grazia che la vita metteva a portata della sua mano...

Disse: «Balliamo». L'afferrò alle reni, la trascinò in un giro che finí nell'ombra, dietro la colonna del grande arco della sala, ove fecero una sosta breve... tornando nella luce appena in tempo per arrestarsi alla brusca sospensione della musica.

Si sciolsero. Egli andò a parlare con Pierluigi che si avanzava sereno, beato, in cerca della sua fidanzata... e gli offerse una sigaretta. Lui, non fumò. Certo gli piaceva conservare sulle labbra il sapore or ora colto, più dolce del miele dell'Imetto...

Lucetta mi vide sola, sulla mia poltrona prediletta, dove ero rimasta un momento interdetta... Fece alcuni passi, malsicura e mi parve una di quelle farfalle che esitano sbalordite, disorientate, dopo essersi un poco bruciate le ali ad una fiamma...

Poi venne ad abbattersi ai miei piedi, col capo sui miei ginocchi, la faccia sepolta, scoppiando in un dirotto pianto...

. . . .

Il viandante partì...

I genitori di Pierluigi desiderarono il fidanzamento ufficiale.

I genitori di Lucetta lo accettarono con entusiasmo.

Lucetta aveva per tutta ricchezza ideale un sogno lontano. Ma la realtà vicina la prese nel suo ingranaggio solido e ritmico e non ci fu verso di liberarsene... E poi liberarsene, perchè?

L'amore è un sogno. La vita è un realtà umile e triste... Forse, meglio così!... Non già l'onda che fa rapina e irriga, feconda e devasta, ma la buona modesta acqua della fonte casalinga... per la poca sete quotidiana... Ma, se la sete è molta?

. . . .

Povera sorella Acqua! Ella sa che io so. Ed è cosí malinconico vedere la sua rassegnata rinuncia a quella felicità che ha per un momento balenato davanti ai suoi occhi di colomba!

– Vedi, sorella Acqua — le dissi un giorno – ci sono due specie d'uomini al mondo: quelli come Pierluigi, e quelli come... il lontano. Coloro sono i buoni, i sicuri, i fedeli: i mariti ideali. Non lagnarti della tua sorte e cerca, d'essere felice come puoi...

– E gli altri? – ella mi chiese, con lo sguardo un po' torbido che ha ora; lo sguardo che sa...

– Gli altri sono gli amanti... E, per un po' di gioia, dànno a noi tanto, tanto dolore! Sappilo. E non avere rimpianti!

Ella riflettè un poco, scosse i riccioli biondi e tentò un languido sorriso di donna matura che faceva male a vedersi su quel piccolo volto soffuso di primavera...

Mormorò: «La vita è lunga...».

E la sua voce parve uscire da un gorgo profondo, fucina di misteriosi eventi fatali...

Povera sorella Acqua!

Aveva tutto per essere felice. Era una donnina graziosa e pallida, con grandi occhi languidi, ora pieni d'ombra, ora luccicanti di guizzi.

Era intelligente, abbastanza colta, ricca, elegante, di una eleganza personale e squisita. Portava uno dei più bei nomi della grande città di provincia in cui viveva: vi occupava uno dei più eminenti posti, vi aveva il salotto più scelto: era simpatica a tutti e da tutti stimata.

Suo marito era un bell'uomo, di poco maggiore di lei, non molto intelligente ma nemmeno stupido, buon agricoltore, attivo, bonario, a lei devoto. Non avevano figli; ma ella non se ne crucciava eccessivamente, perchè era un po' delicata di salute ed aveva la vita piena di occupazioni e di distrazioni.

Si crucciava invece di qualche altra cosa che le mancava, che non sapeva esattamente definire: una nostalgia senza nome, che stendeva un velario grigio nella sua esistenza fortunata. Cosa mancava dunque a donna Isnarda, che possedeva press'a poco tutti i beni della vita?

Ella stessa non lo sapeva esattamente. Ma aveva presa la posa, il vezzo, l'uzzolo, chi sa? di dire che era infelicissima. E a forza di dirlo, di prenderne l'atteggiamento esteriore, di pensarsi, di credersi una donna scontenta... a poco a poco si sentì infelice veramente. E scoperse perchè. Si accorse che le mancava una storia sentimentale, un romanzo suo (a lei che ne leggeva tanti!) un'avventura interessante, qualche cosa che insaporasse la sua monotona vita di creatura troppo ricca di tutte le grazie di Dio.

Un poeta le aveva detto che i suoi occhi somigliavano a un mare in burrasca. Un prosatore, che aveva l'aspetto di una donna fatale. Per lei quelle parole, dette a fior di labbra, per fare delle belle frasi, furono un pronostico ed un programma. Divenne sempre più tenebrosa. Si vestì a preferenza di nero, si ornò di gioielli strani, si avvolse di sciarpe dalle pieghe tragiche, di tuniche ieratiche trapunte o dipinte d'oro. In certe violacce o rossastre tuniche di Fortuny, che le coprivano anche i piedi (per riposarsi dagli altri vestiti che le coprivano appena i ginocchi) pareva il fantasma d'un fiore, stilizzato da qualche bizzarro poeta del pennello.

Non sapeva più cosa desiderare, cosa chiedere di nuovo, d'inedito alla sua propria ricca borsa, o a quella ancor più pingue di suo marito. Spendeva, spandeva... Ma, a poco a poco, era quasi morto in lei il desiderio, ch'è il motore possente della nostra felicità. Chi più non desidera è bell'è morto!

Gira e rigira, gira e rigira... donna Isnarda racchiuse in precisi contorni l'enigma della sua infelicità: aveva voglia di avere una grande passione. Ma non amava suo marito? Sí, cioè, no. Cosa vuol dire amare? Amare, per quasi tutte le donne, è amare il frutto proibito. Non ricordate Eva? Se il serpente fosse stato suo marito, ella avrebbe di certo preferito Adamo. È l'eterna ribellione alle Istituzioni. La rivolta è nell'essere umano uno stato d'animo permanente. Gli uomini si ribellano, dacchè mondo è mondo, ai tiranni, e, spariti questi, all'ordine sociale, al governo, ai partiti avversi, alle classi.. di cui vorrebbero far parte. Le donne si ribellano all'antica e savia legge del matrimonio. E il peggio si è che non si ribellano apertamente, come fanno gli uomini, ma cospirano, tramano in segreto. La violenza non è ancora entrata nelle consuetudini femminili, le quali non sono ancora al bolscevismo reoconfesso, ma ai tempi, forse più feroci, delle sette segrete...

Dunque donna Isnarda non trovava giusto di doversi contentare, per la parte sentimentale della sua vita, in tutto e per tutto, fino alla morte, del suo legittimo consorte. E per questo si diceva e si sentiva molto infelice. Ma alla sua infelicità nessuno credeva. Quella sua vita beata di pulcino nel cotone, non destava compassione ma invidia.

«Isnarda, cosa vuoi per la tua festa? Isnarda dove vuoi andare quest'anno? Vai al teatro, stasera? Chi invitiamo a pranzo questa settimana?». Erano le cose che le diceva quotidianamente suo marito, con poche varianti. Era regina in casa sua. Aveva anche parecchi spasimanti. Ma non la commovevano eccessivamente. Erano uomini mediocri, provinciali e comuni. Sarebbe stato poco poetico, poco nuovo avere uno di quelli per amante. Allora, tant'era contentarsi di suo marito. E poi, Isnarda Simi era una donna di coscienza, una di quelle che possono fare una volta nella vita, una grande sciocchezza, una follia colpevole... ma che non sanno tradire. Aveva promesso a suo marito d'essergli fedele e finchè stava sotto il suo tetto non gli avrebbe mai e poi mai rotto fede.

Non era punto civetta. La sua vanità era soddisfatta in mille modi, e sapeva che solo con una della sue languide alzate d'occhi al cielo, poteva conquistarsi, incatenato ai suoi piccoli piedi, ognuno dei buoni amici di suo marito che le riempivano il salotto, una o due volte la settimana. Ma no, proprio no! Aspettava qualche cosa d'altro... che le cadesse dal cielo o le sorgesse dall'inferno.

Era diventata sentimentale, romantica, e amava da qualche tempo la solitudine. Aveva in sè quel senso strano e profetico di aspettazione e di speranza che precede qualche volta i grandi avvenimenti individuali. E invece del bell'appartamento pieno di gente (il fior fiore della città) e della sala da pranzo (splendida) dove suo marito amava tanto convitare gli amici a godere delle delizie preparate dal suo ottimo cuoco, Isnarda preferiva ora le soste nel vecchio giardino del bel palazzo antico, dove poteva sola passeggiare e meditare, tenendo in mano un libro che non leggeva, nell'odore amarognolo delle mortelle, incontrando ogni tanto, sotto gli annosi platani, il muto consenso di qualche statua in costume rococò.

Ritornava fra la gente, nella sua casa o per le vie della bella città provinciale – che conserva nelle linee e nei monumenti l'impronta della sua antica regalità – sempre più triste, con la faccia velata di malinconia; e alle amiche, agli intimi amici e specialmente ai lontani (perchè era nelle lettere ch'ella esalava di preferenza la sua segreta pena insistente) ella ripeteva, come il mesto ritornello di una grigia canzone. «Sono tanto infelice!».

... Ma alla sua infelicità, chi sa perchè, nessuno credeva...

***

Ora avvenne che vagando donna Isnarda Simi per le verdi profondità del vecchio giardino urbano, fosse veduta da occhi indiscreti che si sporgevano giù da un'alta finestra della casa confinante, quasi nascosta dal denso fogliame di un alto platano.

Gli occhi appartenevano ad un giovane studente di lettere che abitava il terzo piano di quella casa quasi povera. E gli occhi erano belli. Il possessore si chiamava Luciano: aveva ventidue anni, un certo ingegno, poca voglia di studiare, aspirazioni alla poesia e una grande sete d'amore. In città, nell'ambiente studentesco e della piccola borghesia, era conosciuto e ritenuto una speranza dell'arte. Scriveva su qualche giornale locale e si era deciso a spedire i suoi scritti a qualche rivista reputata... che, naturalmente, li aveva «cestinati». Egli non aveva ancora trovato quella data posa, quel dato giochetto di parole ardite e bizzarre o di pseudoidee, che servono – a coloro che non hanno vero ingegno – per aprirsi la strada presso il pubblico e presso la critica maniaca di novità da lanciare. Ma non disperava di trovarli.

Intanto, guardando giù nel signorile giardino che nei suoi sogni e nei suoi pezzi lirici soleva chiamare «suo», egli lo vide un giorno abitato da una fata... e la sua animula poetica si diede a gittare grida di gioia. Egli era di gusti aristocratici, non amava le popolane fiorenti e illetterate, nè le signorine della classe alla quale apparteneva la sua famiglia: le signorinelle che strimpellano il pianoforte e cantano: Cara piccina, no, che usano cipria ordinaria, che si vestono con pretenzioso cattivo gusto e che hanno un solo pensiero: quello di trovare marito. No, il giovane poeta era nella fase dei grandi sogni, delle alate illusioni d'arte e di vita. Sognava la celebrità... e la grande passione. La passione per una donna degna d'essere cantata ed amata da un uomo eccezionale. Un'attrice, una cantatrice... un'etèra... una gran dama? Non sapeva ancora. Certo una donna che appartenesse ad una di queste categorie di amanti, secondo lui, ideali.

Egli sapeva, sí, che il palazzo e il giardino appartenevano a una delle più cospicue famiglie della città e che la signora di casa era una bella signora. L'aveva anche incontrata per le vie e veduta al teatro, lontana da lui moralmente e sdegnosa... Ma non ci aveva fermato lo sguardo, e non era stato attratto verso di lei da circostanze speciali. Vederla ora, non visto, in elegante ed intimo abbigliamento, sola e pensosa, in quel poetico luogo, in atteggiamenti aggraziati e abbandonati, pallida sotto la chioma bruna... vederla e sentirla prender posto nel suo cuore... o almeno nella sua mente, come fantasma di poesia, fu un punto solo!

La rivide, la spiò, l'attese dal suo alto osservatorio attraverso il fogliame del platano annoso:... e prese a cantarla in versi, molto lontani dalla perfezione, ma animati da un certo soffio lirico e da imagini stravaganti, di quelle che, a chi non s'intende molto di poesia, possono fare impressione. Ella fu: «Lei», «la musa bianca e nera», «la Dea del chiuso giardino», «l'Unica», «il mistero», «il brivido divino», «L'amore rivelato», e così via.

Ma l'asolo non bastò al giovane poeta, il quale non era sicuro che la dama de' suoi pensieri leggesse la rivistuccia locale nella quale egli veniva pubblicando i suoi squarci d'amore.

Allora, un mattino, donna Isnarda, mentre posava languidamente il fianco sul vecchio sedile di pietra, che aveva accanto un plinto recante una Venere senza testa, sentì cadersi ai piedi, piovuta non seppe d'onde, una rosa rossa avvolta in un candido foglio.

Ella si guardò intorno... non vide nessuno... raccolse e lesse. Versi d'amore, per lei. Non poteva dubitarne...

Se le stesse cose le fossero state dette in prosa, nel suo salotto, l'avrebbero fatta sorridere... Ma cose... piovute dal cielo, in versi che le parvero belli... portate dal profumo di una rosa, fresco palpito di un trattino di maggio, quelle parole d'amore le fecero una profonda impressione.

Era molto infelice... oramai ne era sicura, benchè nessuno volesse credere alla sua infelicità... Nel suo cuore era un vuoto infinito. Aveva passati i trent'anni... la bella giovinezza correva, correva via, ed ella vi si afferrava, l'acciuffava per la criniera effusa... come se la folle annitrente puledra stesse per isfuggire dalla stretta disperata delle sue mani...

«Non mi accadrà mai nulla di nuovo? Nulla di veramente bello? La vita non mi porterà qualche realtà che sembri un sogno, qualche sogno che diventi per me realtà? Mai? Mai?». Si chiedeva sempre così...

Da quel mattino di maggio non se lo chiese più... perchè le parve che fosse finalmente giunta la risposta del destino. Attese. Sperò...

E piovvero altre rose e altre parole d'amore, attraverso la verde chioma dell'annoso platano, ai piedi della Venere senza testa che vigilava il sedile di macigno tutto vellutato di muschi... Sul sedile andava a sedersi ogni mattina donna Isnarda.. la quale aveva indagato, saputo, veduto.., e risposto.

Anch'essa era stata presa nel dolce inganno.

Quel giovane povero, che aveva dei bellissimi occhi, cui ella attribuiva un grande ingegno, che l'amava, che la celebrava in versi... l'aveva commossa e conquisa. Se ne innamorò seriamente, profondamente, con felicità e con tristezza insieme, con la persuasione che il suo destino fosse segnato, ch'ella non potesse sottrarsi al fato che la stringeva nella sua stretta ineluttabile.

Ma la sua coscienza, relativamente onesta, non le avrebbe permesso di diventare l'amante del giovane poeta. No. Era troppo... ed era poco pel suo romantico cuore che aveva bisogno di bei gesti, di definitive risoluzioni e di qualche parvenza di virtù. Ingannare suo marito, no, mai. Confessargli lealmente il suo amore, sí. E dirgli addio, per seguire il suo destino. Ella credeva di avere diritto alla propria libertà, alla propria felicità... e di non avere doveri verso la felicità degli altri. E come attenuante al suo egoismo, si ammantava di quella che le sembrava la bellezza della sincerità e della verità... Il coraggio della rivelazione le mancava però ed esitava a compierla...

Allora, mal trattenendo la sua impazienza, frugò nella vita di suo marito, della quale da un pezzo non le importava più, e vi trovò alcune di quelle facili avventure alle quali forse egli era stato spinto dalla freddezza di lei.... forse dal suo fuggevole capriccio... Vi si afferrò a due mani... Dichiarò che con lui non poteva più vivere, tanto per la sua calpestata dignità di moglie quanto perchè ora amava un altro e voleva formarsi una nuova famiglia.

Il giovane amante, felice e sbalordito dell'andamento delle cose, ch'egli certo non aveva osato prevedere ne suoi sogni più folli, era andato frattanto a prendere la sua laurea in un'altra città, attendendo...

Ella abbandonò tutto, andò all'estero per assumere altra nazionalità ed ottenere il divorzio. Lottò, spese gran parte della sua personale fortuna, tenuta da un solo desiderio, tesa tutta in una volontà invincibile, ardendo tutta di un incendio ch'era divenuto lo stesso soffio della sua vita...

E finalmente ella potè unirsi in matrimonio col giovane addottorato in lettere, senza mezzi di fortuna, che portava a lei come doni nuziali il suo amore poetico ed i suoi ventitre anni...

Andarono a stabilirsi a Roma, dove un amico influente le aveva promesso un posto remunerativo per lui. Andarono ad abitare al terzo piano di una casa borghese, in un quartiere eccentrico della città, in un piccolo appartamento modestamente ammobigliato. Presero una sola persona di servizio. Per mezzo di trasporto, colei che era stata donna Isnarda Simi, contessa di Bargone, non ebbe più altro che il tram.

Un po' di teatro, ogni tanto, un po' di musica, di quando in quando. Non conoscevano nessuno. Le amicizie di prima ella non le coltivava più... prevenendo le scortesie che certo avrebbe ricevute. Le amicizie che avrebbe potuto fare ora, non erano di suo gusto... e le evitava. Egli lavorava e nelle ore libere, scriveva versi... sognando la gloria... Per lui quel matrimonio era stato una conquista... e pel momento ne era soddisfatto ed orgoglioso.

Ella amava molto quel bel ragazzo che le pareva pieno d'ingegno... ed era felice che le appartenesse... felice di quella vita nuova, insolita, legittima eppure insaporata di colpa... Le pareva d'essere un'altra, di avere vent'anni, di vedere le cose del mondo per la prima volta, da un punto di vista tutto diverso di quello di prima. Come un grande paese nuovo ed ignoto, era il mondo per lei! Non più donna Isnarda Simi, contessa di Bargone, ma la signora Isa (le era piaciuto semplificare persino il suo nome) Bussi, moglie di un impiegatuccio, che sarebbe un giorno un celebre poeta.

Il suo poeta, il suo amore, il suo tutto! Lui. Ecco. Non aveva più altro al mondo. Tutto quello che sulla terra possedeva era lui. Il sogno avverato. La grande passione. Non solo nei romanzi si trovano dunque le grandi passioni, ma anche nella vita. «Ah! la vita è buona, la vita è bella! Come sono felice!» Spesso ripeteva in sè queste parole.

Molto spesso. Qualche volta si sorprendeva mentre le pronunziava ad alta voce. Le pareva di sognare, o meglio, di avere sognato. Quale dei due era il sogno? Il passato o il presente? La vita di prima le pareva lontana... in una lontananza irreale di favola...

Era stata lei veramente, una volta, la regina di un racconto di fate? Aveva posseduto davvero un bel palazzo... il gran palazzo dalle linee severe, ammobigliato magnificamente, che aveva dietro il chiuso giardino tutto fresco d'alberi, tutto canoro di uccelli, sul quale piovevano rose e versi di amore? Era lei che poteva ordinare la carrozza o l'automobile quando voleva uscire? Lei che, se toccava un campanello, vedeva accorrere domestici in livrea e camerieri eleganti? Lei che vestiva la sua pallida bellezza di sontuosi abbigliamenti, che languiva di noia, sbadigliando sui divani di broccato, che passava il tempo tra viaggi, feste, riunioni di amichevoli signorili brigate?

«Come sono felice!» pensava o sillabava per mandar via gl'importuni ricordi della sua passata infelicità. «Adesso ho l'amore.» E sorrideva...

L'amore. Il suo amore aveva ventitre anni. Era malvestito. Non aveva l'abitudine delle abluzioni quotidiane. Non aveva i modi delle persone che ella era usa a trattare. Stava male a tavola. Si serviva, quando non scriveva versi, di un frasario un po' volgare. «Povero amore! Che colpa ne ha? È nato in un altro ambiente. A poco a poco si farà».

Ella, quando di qualche imperfezione di lui si accorgeva (ma non si accorgeva di tutte) lo scusava
cosí. Lo trattava come un bambino. Il suo bambino. Quando non lo trattava da grand'uomo, come più
spesso faceva. Allora era in estasi davanti a lui, come una schiava. L'amore l'aveva resa più bella. I
grandi occhi parevano più scuri e più languidi, con più luce che ombra dentro le pupille... Le labbra
più rosse, la personcina più fluida e più giovanile... Aveva trentatre anni... ma qualche volta ne
dimostrava ventitre... parevano coetanei, due giovani sposi! «Una bella coppia», diceva la gente.
Nella casetta modesta, coi vestiti fatti da una sartina, ma sempre di buon gusto, con la sua linea
squisitamente signorile... ella si occupava per la prima volta nella vita, di faccende domestiche, di
economia... Spazzolava i vestiti di suo marito, perchè lo voleva sempre in ordine («È un po' trasandato
il mio ragazzaccio!», diceva.) Era tutto il suo mondo, lui, tutto il suo tesoro! Lo guardava, lo
ammirava, lo covava con gli occhi, come un avaro guarda il suo gruzzolo d'oro. Tutto lí. E niente di
più. L'amore sogno e realtà. «Che malinconia esserne privi! E pensare che ci sono tante povere donne
al mondo che ignorano questo bene! E che io non l'ho conosciuto fino ai trent'anni passati! Ah come
sono felice adesso! come sono felice!».
Diceva cosí, scriveva cosí, sottolineando le parole, ai pochi amici lontani che le erano rimasti fedeli,
(di lontano, in certi casi è più facile la fedeltà!) che chiedevano notizie di lei.
Ma erano, gli amici lontani, gli stessi scettici di un tempo: quelli che non le prestavano fede quando
ella loro diceva, una volta, la sua infelicità... Gli stessi scettici che si rifiutavano di credere, adesso,
alla sua felicità.

Una giornata d'estate, pacata e serena.

Aspettavo, nel mio angolo preferito del parco, la visita di un celebre scrittore che gli amici di una villa vicina dovevano condurmi.

Sotto le mie care vecchie quercie faceva più caldo che in casa, ma l'aria era dolce e profumata, e gli sprazzi di cielo e di collina che occhieggiavano di tra il denso fogliame erano di un azzurro e di un viola cosí tenero che confortava il corpo e lo spirito, meglio che la frescura prigioniera delle grandi stanze buie...

Ero molto curiosa di conoscere personalmente l'uomo che era certo, in quel momento, incamminato verso di me. Una curiosità di donna, più che di... collega.

Conoscevo l'opera sua e l'apprezzavo, sí, per certe qualità di imaginazione fresca e di sentimentalità un po' leziosa. Qualche cosa di femmineo, di voluttuosamente delicato è, nella produzione di quell'artista, che non ha ancora conquistata la grande popolarità, ma che ha lettori fedeli e specialmente lettrici appassionate. Ma non era l'opera sua che più m'interessava di lui. Era l'uomo.

Perchè ero stata, due anni innanzi, l'involontaria confidente, anzi, un poco la vittima, di una donna freneticamente innamorata di lui

Nella mezz'ora che precedette l'arrivo dell'atteso mi piacque richiamare alla mente tutti i particolari dell'episodio d'amore raccontatomi, in più riprese, da quella povera creatura esaltata e dolorosa.

Una ragazza di nobile famiglia decaduta, che vive in provincia, in un ambiente malinconico, tra le ristrettezze economiche e il decoro da conservare. Lei e la madre, e un fratello fannullone, corto d'intelletto, che si occupa male delle poche terre rimaste e fa il sindaco di un piccolo paese, contentandosi di troneggiare nella farmacia e nel caffè del borgo, soddisfatto d'essere il primo personaggio tra un gruppo di villani che sfruttano la sua bonarietà stupida e boriosa.

Le altre due sorelle hanno fatto matrimoni meschini, rassegnandosi al loro mediocre destino.

Polissena ha trovata la sua «menzogna vitale, nel sogno, nel quale si rifugia per l'orrore della tediosa realtà. Lettrice appassionata di romanzi, romantica, di una sensibilità esasperata, s'innamora dei favolosi eroi, fantastica, si esalta alle storie che legge, s'identifica con le donne, le cui avventure le piacciono, si commuove leggendo, dimentica se stessa per trasfondersi nelle irreali esistenze altrui. Ha fatto così per molto tempo, per lunghi anni, componendosi un mondo intimo suo, illusorio e piacevole... che l'ha riposata e consolata dalla monotonia opprimente della sua povera vita.

Poi, finalmente, un giorno, la parte unicamente di lettrice e di sognatrice, cioè di spettatrice della inesistente vita di tanti fantasmi attraenti, non le bastò più. Volle essere qualche cosa di più, volle fare qualche cosa di meglio: essere una donna che ha, per conto suo, una storia, almeno una piccola storia d'amore, da assaporare in segreto, da trarne calore e luce per il freddo, per il buio della sua squallida realtà... «Non si sa mai – ella pensò – il destino fa qualche volta dei doni inaspettati, se gli si va incontro con fiducia, se si ha il coraggio di osare».

In quel periodo, la biblioteca circolante alla quale era abbonata (il suo lusso, il suo conforto) le aveva mandate alcune opere di uno scrittore del quale si parlava onorevolmente nel mondo letterario e anche in provincia. Qui lo chiameremo N. N. Ma ha un bel nome di battesimo, un sonante cognome; e un suo ritratto, unito a uno dei suoi volumi, lo raffigurava bello, giovane, elegante, seducente.

Polissena divenne subito ammiratrice ardente dei suoi romanzi. Storie d'amore vibrante, stile fiorito, conoscenza dell'anima femminile, sensibilità un po' morbosa, sottile tormento cerebrale, insidioso veleno di suggestioni erotiche, che lasciavano nella lettrice solitaria un solco di nostalgia che la snervava e l'attraeva... «Come deve essere interessante l'uomo che scrive così!», ella pensava. Forse alcune delle appassionate storie che raccontava così bene erano state vissute veramente da lui! Perchè no? Certo era cosí...

Come conosceva bene il cuore femminile! che incanto doveva essere la sua parola viva, uscente dalla sua bocca così fine! (quella del ritratto). Polissena invidiava le sue «eroine», sapeva a memoria molti brani della sua poetica prosa, aveva un album sul quale trascriveva soltanto squarci scritti da lui che era diventato oramai il suo autore preferito. Un po' grafomane Polissena era sempre stata. Scriveva lunghe lettere liriche alle sue amiche e conoscenti. Ricopiava i pezzi che più le piacevano dei libri che leggeva faceva il suo giornale intimo... tutti sbocchi della sua contenuta vitalità interiore compressa, che minacciava di straripare senza qualche sfogo innocente.

Qualche volta aveva avuta la tentazione di scrivere agli autori che la commovevano di più, appena finito di leggere un loro libro... Ma non aveva mai osato. Nel piccolo ambiente in cui viveva tutto era difficile, perfino impostare e ricevere una lettera in certo modo clandestina! E lo stesso ambiente pesava su di lei come forza inibitoria, togliendole materialmente il coraggio necessario ad un gesto insolito e un po' audace. In casa la chiamavano già «la letterata», perchè invece dell'ago maneggiava troppo spesso la penna. Non bisognava dunque destare sospetti e accrescere le cause di disapprovazione...

Però, un giorno, non aveva saputo resistere alla tentazione. E avendo letto l'ultima pagina di un libro di N. N. (una di quelle chiuse a lieto fine, fatte per soggiogare il pubblico, con quella sentimentalità un po' convenzionale, ma scaltra, che avvince l'ingenuo lettore), Polissena aveva scritto all'autore un veemente messaggio di ammirazione e glielo aveva coraggiosamente mandato.

Ed era cominciato per lei un periodo di felicità il sogno avverato, l'oasi verde e fresca della deserta sua vita!

Perchè lui, il nume del suo intimo cielo, aveva risposto, iniziando con lei una corrispondenza un po' ambigua, fra l'amicizia e l'amore, durata circa un anno, finchè...

Non abbiamo ancora descritto esteriormente Polissena e bisogna farlo. Una ragazza verso la trentina non propriamente bella ma simpatica. Però, non so se l'aggettivo sia esatto, dato che la simpatia è un fatto soggettivo. Si può piacere ad una persona e dispiacere ad un'altra. A me e a molti altri quella giovane donna alta e sottile, dall'aspetto distinto, dal colorito bruno pallido, dai grandi occhi pieni di ombra, con un alone di malinconia intorno alla fronte, pare piuttosto interessante.

Le sue mani però non sono belle, nè migliorate dalle raffinate cure. Non è ben calzata, è mediocremente vestita, e manca della disinvoltura che, ormai è comune anche alle donne di provincia. C'è qualche cosa di monacale nel suo aspetto, un non so che di un po' antiquato, e le sue vesti mandano un triste odore di rinchiuso, come di chi vive in camere poco soleggiate e non usa profumi squisiti. Ma la sua voce è calda; si esprime bene, ha una certa cultura e una intelligenza fuori del comune. Quando si espande, a tu per tu, vincendo quella sua timidezza un po' selvatica da collegiale fuori di stagione, si fa tutta vibrante, si abbellisce, trova accenti di vera eloquenza!

Ricordavo quasi esattamente le sue parole, mentre aspettavo l'ospite nuovo, sotto le quercie del mio caro nido... Polissena diceva: «Sí, a lei oramai devo confessare tutto: io m'innamorai di lui, di lontano, e non glielo seppi nascondere. Mi firmavo «Rudella», oppure col solo verso cosí bello e cosí malinconico:

«Per voi tutto il cuore mi duol».

Io chiesi: – Ma... che atteggiamento aveva preso lui nel corrispondere con una signorina per bene che non conosceva? Era la sua una corrispondenza letteraria o una corrispondenza d'amore?

Polissena disse: – Diventò quasi subito una relazione sentimentale anche da parte sua. Intellettualmente egli non mi riteneva certo alla sua altezza. Mi accorgevo che egli evitava di parlare delle sue opere e di quelle altrui. Parlava di lui come uomo e di me. Era curioso dell'anima mia... e a poco a poco diventò curioso anche della mia persona.

– E... lei? – chiesi io.

– Io?... Il mio entusiasmo cresceva di lettera in lettera, e morivo di voglia anch'io di conoscerlo personalmente. Perchè, poi? Non lo so. Egli è ammogliato, lo sapevo, ed egli me lo aveva subito confermato con la sua bella lealtà. Ma che me ne importava? Io non volevo già avere con lui delle relazioni colpevoli... Almeno da principio, cosí mi pareva. Ma mi accendevo sempre di più, ad ogni sua lettera cosí buona e cosí bella, cosí piena di sentimenti alti e puri, eppure tutte imploranti il mio consenso ad un incontro amichevole tra noi...

Di quelle lettere io ne avevo letto parecchie. Ed erano sembrate anche a me, giudice imparziale, piuttosto interessanti e cavalleresche. Che provetto «flirteur»! Come conosceva bene il mestiere! Rispettoso, contenuto, sdolcinato, patetico, amichevole, fraterno: di tutto un po'! Era evidentemente curioso di quella lettrice che lo ammirava cosí appassionatamente, e la sua vanità di autore e la sua mascolinità predace si fondevano per aizzarlo e interessarlo. Ma non era uomo da perdere il suo tempo altruisticamente. E ottenne da Polissena un segreto convegno, in una vicina città, dove ella si recava due o tre volte l'anno per visitarvi delle amiche.

Ella mi parlò come ad un confessore e mi disse qual'era il suo stato d'animo quando si recò al convegno: quello di una donna che è pronta alle più gravi decisioni. Proprio così. Me lo disse senza pudore, provando una specie di ebbrezza nel mostrarsi nella luce più cruda di spietata verità. Capii che uno solo è oramai il suo conforto: abbellire, elevare il suo «eroe», dare a lui tutta la gloria, a sè tutto il biasimo.

È un'anima pia, che ha vissuto nelle più austere leggi morali, e prova ora (consolazione che l'aiuta a vivere!) la voluttà spirituale di denigrarsi, per riconoscere a lui tutto il merito della sua superstite virtù!

L'appuntamento aveva avuto luogo nell'atrio di un albergo, dove (era il pretesto) avrebbero preso il tè insieme, chiacchierando.

Essa aveva indossato il suo migliore vestito, aveva curata insolitamente la sua persona. Giungendo... lo aveva subito riconosciuto, e l'impressione provata era stata ancora superiore alla sua già grande aspettazione! Il fascino fisico di quell'uomo aveva confermato e completato il fascino spirituale nel quale da lontano egli l'aveva avvolta...

Egli, essa mi raccontava, era stato squisitamente perfetto con lei. Un po' scherzoso, un po' tenero, sempre rispettoso, le aveva detto parole dolci, indimenticabili. Lodava le sue lettere, se ne diceva orgoglioso, l'assicurava della sua grande riconoscenza, si mostrava addirittura commosso ch'ella avesse osato tanto per lui... A un certo punto le aveva chiesto: — E lei, veramente, cosa vuole da me? Essa aveva risposto: — Un poco di felicità!

Egli si era turbato... e aveva detto. — Ma non pensa, lei, povera cara, alla mia grande responsabilità? Ed ella: — Non penso più a nulla. Voglio vivere, vivere un'ora almeno di felicità!

Egli, dietro il gruppo di palme che li nascondeva, aveva strette le sue mani, le aveva accarezzato il volto, l'aveva guardata con espressione triste, con gli occhi umidi di lagrime... Poi l'aveva invitata alla calma, al sacrificio, alla rinuncia coraggiosa, esortandola ad imitare la forza d'animo di lui. Sapeva ch'essa apparteneva a rispettabile famiglia, era stato commilitone di un suo cognato, conosceva dei parenti loro, di nobile casato, residenti in una città ch'egli spesso abitava...

Tutte ragioni che gli incutevano rispetto, quasi timore. «Lei è una signorina per bene, può e deve trovare marito, come l'hanno trovato le sue sorelle. La sua coscienza è alta, piena di religioso fervore, e un giorno non si perdonerebbe di aver mancato alle leggi della onorabilità femminile. Forse, quel giorno mi odierebbe! Ed io non posso sopportare il pensiero di perdere la sua stima, se pure oggi ho il barbaro coraggio di rinunciare al suo amore! È stato un sogno, Polissena, e il sogno è la ricchezza vera delle anime... perchè la realtà s'infrange, cara, ma il sogno non muore mai... perchè la sua materia è impalpabile e indistruttibile! Sia brava, sia forte! Vede? Io non cedo. Mi dia la sua fronte... È il bacio di un amante ch'io vi depongo... ma di un amante del quale non dovrà vergognarsi mai, che non darà mai rimorsi alla sua coscienza di donna onesta! Grazie. Mi voglia bene... come io glie ne voglio».

E l'aveva cavallerescamente accompagnata al treno dopo averle offerto dei fiori.

Polissena era stata, da prima, assai delusa, benchè non avesse voluto ammetterlo. Poi s'era persuasa che il suo «eroe» aveva avuto ragione, e si era sempre più esaltata di ammirazione per lui.

In fondo, era davvero una coscienza onesta, e si sarebbe certo pentita, presto o tardi, se fosse caduta in irreparabile colpa. E viveva di quel ricordo, di quell'unico episodio interessante della sua triste esistenza, felice di avere almeno un santo da adorare sulla terra, oltre quelli che adorava, troppo lontani, nel cielo...

Sí, non c'era che dire, N. N., l'attraente e fortunato scrittore, l'uomo di avventure, il seduttore di tante donne (tale era la sua riputazione) si era portato assai bene con la povera Polissena... e io ero, in verità, molto curiosa di vederlo da vicino, finalmente, il piccolo moderno arciere che si serviva dei suoi libri come il Dio della favola antica si serviva delle freccie del suo turcasso per ferire i cuori!

Giunse. Fisico perfettamente «ad hoc» per la sua professione. Bel pezzo di architettura umana e provetto commediante della vita. Un sorriso chiaro, insinuante, quasi femmineo; uno sguardo di una soavità che sembra chiedere indulgenza, protezione, simpatia... chiedere sempre qualche cosa, insomma.

Ecco perchè ottiene molto: battete, battete e vi sarà aperto!

Io avevo la donnesca smania di avere da lui la parola dell'enigma «Polissena».

Come mai quell'uomo che mi stava davanti, con quella psiche complicata per gli ingenui, ma evidente per me, aveva potuto compiere nella sua vita un atto disinteressato e morale?

Un perfetto gaudente, un sottile egoista, un raffinato assaggiatore di tutti i buoni bocconi che gli si offrono; un mondano elegante, di uno snobismo che non tenta nemmeno di nascondersi; tale mi appariva colui che così nobilmente si era diportato accanto alla giovane austera donna che appassionatamente gli si offriva, e alla quale egli per un anno aveva scritto lettere amorosamente suggestive! Condotta ambigua, la sua... Volevo sapere.

Quando rimanemmo soli, sotto la protezione dei bei rami ombrosi, come gli altri si furono sbandati per visitare il parco, gli dissi che conoscevo Polissena e che avevo avute le sue confidenze, due anni innanzi.

Egli rimase, da prima, interdetto. Non sapeva cosa rispondermi... perchè temeva che le sue parole guastassero la bella figura che voleva fare davanti a me. Venni in suo soccorso.

– Egregio confratello, non c'è che dire. Lei si comportò allora assai cavallerescamente! La sua condotta deve averle data una grande soddisfazione morale!

Erano, le mie parole, perfidamente insincere... Egli cadde nel tranello.

– Ah sì, illustre signora, non posso negarlo! E quando siamo buoni, qualche rara volta nella vita noi non sappiamo che lo siamo specialmente verso noi stessi! È savio operare il bene... di quando in quando. Perchè forse, un giorno, del bene che facciamo ci sarà tenuto conto, in confronto di tanto male! La coda di Minosse, terribile giudice, quando sarà per avvinghiare il corpo, nei fatidici giri per destinarci al più tremendo loco, si arresterà forse, considerando da una parte il grave pondo delle nostre colpe, e, dall'altra, il leggero peso del po' di bene che ci sarà riuscito di fare, perchè un po' di clemenza ci sia usata!...

Aveva la faccia compunta, la bocca raccolta, gli occhi bassi, in un atteggiamento ipocrita che tirava gli schiaffi! Voleva prendersi gioco di me l'egregio collega? Cosí poco stimava la mia chiaroveggenza? Ah, no! Proprio no! Non me la sentii di passare per ingenua agli occhi suoi di artista mediocre e di seduttore dozzinale! Mi ribellai... E la mia ribellione prese la forma allegra. Scoppiai in una bella, corale, sonora risata... che lo lasciò a bocca aperta.

Allora, a bruciapelo, gli chiesi: – Mi dica la verità, solo la verità, tutta la verità: lei fece quel bel gesto, perchè... quella donna non le piaceva! È cosí? Badi, se mi dicesse di no, io resterei della mia opinione. E lo fissai con uno sguardo che gli frugava i più riposti penetrali dell'anima...

Egli sostenne bravamente il mio sguardo, non vide via di uscita, si arrese e mormorò umilmente: – È cosí!

L'AMANTE MORTO

Sylvia Mirelli aveva un amante che non amava più. Era una donna di sentimento e d'ingegno: ma soffriva di non avere abbastanza ingegno e di avere troppo sentimento. Almeno essa credeva cosí. Dipingeva, cantava, leggeva, viaggiava, viveva tutta la vita, ardendo di una perenne febbre d'entusiasmo per le cose belle e per le creature superiori: struggendosi nell'impotenza di un sottile squisito dilettantismo che la teneva alle soglie della grande arte, come una fervente devota, senza permetterle di penetrare come diaconessa nei sacri penetrali del Tempio.

Forse avrebbe dovuto arrestarsi anche alle soglie dell'amore... perchè si era accorta, troppo tardi, di non possedere le qualità geniali nemmeno per il culto della passione: cioè, l'ardore inestinguibile e la cieca accettazione del sacrificio. No. Il suo insonne spirito critico, il suo anelito inappagato di perfezione e di godimento estetico, avevano in un tempo relativamente breve ucciso l'amore nel suo cuore febbrile. Era la prima volta che amava o che credeva di amare: e aveva portate in quella sua nuova forma di espansione tutte le forze giovani e fresche della sua sensibilità delicata. Libera, sola, senza legami e senza doveri, aveva preso l'amante che le piaceva e che pazientemente l'amava, credendo in fede di andare incontro ad una vera e durevole felicità. In due anni, o poco più, la parabola del suo amore aveva compiuto il suo giro. L'uomo che l'amava non aveva nessuna colpa: l'amore di lui era costantemente ardente e sincero. Era un bel giovane, e la sua maschia e appassionata bellezza non era diminuita: aveva dell'ingegno e le affermazioni di esso erano in trionfale cammino verso le vie del successo e della gloria. Aveva un buon carattere, equilibrato e sereno, levigato da una fine educazione, di quelli che non temono l'intimità della vita quotidiana. Perchè dunque l'amore di Sylvia per Franco era cosí presto caduto? Caduto sí, veramente, quasi all'improvviso, come cade il vento qualche volta, a mezzo di una giornata calda di estate, quando l'aria si ferma in una calma pesante ed immobile che assomiglia alla morte.

Sylvia rivide Franco con gli occhi di prima, di quando non lo amava ancora e si stupì di averlo potuto amare. Gli voleva bene ancora, sí, certo, come ad un buon amico, come ad un caro compagno... ma le diveniva ogni giorno più intollerabile il mentito sentimento che si sentiva il dovere di continuare a dimostrargli. Il dovere? Sí. Perchè provava una grande tristezza di non amarlo più ed una grande vergogna. Gli aveva detto e ripetuto, scritto e giurato mille volte, che sarebbe quello il suo unico amore... e poichè non era in lui la causa della morte della passione, ma in lei medesima, essa aveva il pudore di mostrarglisi come donna di instabili sentimenti, d'animo volubile e leggero. Quasi più che del dolore che avrebbe arrecato a lui la triste rivelazione, essa aveva paura del disonore che, in faccia a lui, avrebbe fatto a se stessa. Eppure non aveva colpa di quanto le accadeva. Fisicamente il suo amante non l'attirava più: sentimentalmente la vena di poesia ch'egli faceva scaturire in lei, si era disseccata: intellettualmente non lo ammirava più e lo vedeva, qual era: un uomo mediocre, inferiore alla esaltazione ch'essa ne aveva fatta durante la vigilia ed il primo tempo della passione... Era giunta a sentirsi quale veramente essa era, superiore a lui, a guardarlo con occhi acuti e spietati, a giudicarlo senza indulgenza, quasi con crudeltà. Da lui non aspettava più nulla. Le si era rivelato tutto, le aveva dato tutto, le si era mostrato con le sue molte buone qualità, con le sue inevitabili debolezze umane. Era stato per lei una grande delusione; e in certi momenti essa giungeva perfino a detestarlo per le cose dolci che aveva (involontariamente, poveretto!) ammazzate in lei.

Era presa qualche volta da una malinconia fonda ed amara. Perchè ella aveva sempre intuito e preveduto che l'amore (fuorchè nei predestinati, nei grandi iniziati, nei martiri del sentimento, che sono rari come i martiri delle religioni e delle idee) l'amore è fatalmente ed inevitabilmente caduco. Ma le piaceva illudere se stessa ancora, con quella fede ch'è figlia della speranza: e l'aver fatto il triste esperimento in se stessa, aveva invecchiata l'anima sua che aveva tanto bisogno di credere nelle cose belle, nelle dolci illusioni, nelle amichevoli menzogne, per la sua felicità!

***

Cosí stavano le cose nel suo cuore quando Franco dovette allontanarsi da lei per andare a fare il soldato.

Sylvia Mirelli che non era cattiva, che aveva la coscienza sveglia, tirò un lunghissimo sospiro di soddisfazione. Non ne poteva più! Il dover mentire la soffocava. Aveva bisogno di libertà e di solitudine. Era satura di carezze che non desiderava, di amicizia che non le occorreva, di concessioni, di transazioni, di tolleranze quotidiane asfissianti. In fondo, non era fatta per amare. Era fatta, forse, per essere amata, ciò che è una cosa totalmente diversa. Quante cose l'attiravano! La pittura, la musica, la sua eleganza, la sua persona, la sua «linea». Quella l'aveva trovata e se ne compiaceva, in delizia. Tutta una serie di piccole trovate, di sapienti artifici che facevano della sua esile figurina, non bella nel vero significato della parola, uno squisito esemplare di femminilità moderna e suggestiva. Aveva una di quelle anime sensibilissime eppure superficiali, che fanno vibrare i muscoli ed i vasi motori e che, in fondo, lasciano tranquillo il centro della vita. Si commoveva facilmente, aveva le lagrime in pelle in pelle... eppure, all'infuori di se stessa, non amava forse coralmente nessuna persona e nessuna cosa sulla faccia della terra. Così, era per amore di se stessa, della sua linea morale (che le premeva quasi quanto quella esteriore) che non si era mai decisa a dire a Franco che non l'amava più. Per la stessa ragione dovette mostrarsi addolorata per la sua partenza... ma in fondo si sentí liberata da un peso, si sentí leggera, felice come da due anni non si sentiva più! Sperava ch'egli compirebbe il suo dovere senza correre grave pericolo. Era scrittore e forse anche alla guerra avrebbe continuato a combattere con la penna invece che con le armi: cosí ella pensava...

***

Nel suo grande artistico studio, in cui gli uomini celebri ambivano radunarsi, Sylvia aveva riacquistata la sua integrità. Che riposo non vedere sempre Franco, nel solito angolo, con le sue solite abitudini un po' pedanti, coi soliti gesti, con l'eterna sigaretta, col solito giornale in mano, che apriva sempre allo stesso modo, con le sue piccole manìe innocue ma tediose...

In fondo Franco aveva l'anima di un buon borghese. Come gli piacevano i suoi comodi Che paura aveva delle sofferenze fisiche e morali! Non era certo un eroe, povero Franco! Era un onesto galantuomo, un uomo intelligente, operoso, certo, e molto fortunato; un mediocre uomo normale che la desiderava ancora dopo due anni di amore e che anche le voleva bene. Avrebbe fatto qualche sacrificio per lei? Essa ne dubitava. L'avrebbe sposata con gioia, sí. Ma quello non era un sacrificio per lui, era un piacere grande. Era fedele per temperamento. Aveva il carattere di un buon marito, onesto e affettuoso, pieno di equilibrio e di senno.

Ora, povero Franco, che dura vita la sua! Ella avrebbe dovuto compiangerlo... amarlo di più, ammirarlo pel dovere nobilissimo che compiva, lamentare la sua lontananza, tremare pel pericolo... Invece spietatamente, egoisticamente, barbaramente, era felice, felice di non averlo più accanto a sè!

***

Fu per lui, di lontano, una buona amica, affettuosa e tenera, com'era per gli altri suoi amici e conoscenti che combattevano. Un'amica amorosa, come le piaceva d'essere, come sapeva essere. In verità, essa aveva la lontananza deliziosa. Da vicino, gli uomini esigenti e gelosi, le davano sempre un po' noia, le toglievano il respiro, e qualche volta giungeva a detestare anche coloro cui sentiva di voler bene, perchè attentavano alla sua libertà ed al suo egoismo. Solo di lontano si dava tutta, con un senso di amichevole dovere, di fraternità spirituale che verso Franco diventava una blanda dolcezza avvolgente e confortante.

Dall'amica lontana Franco ebbe consolazioni veraci nell'anno che fece la guerra. Potè per lei essere felice anche là, credendosene caldamente amato, rimpianto, pensato costantemente...

Finchè di lui, un giorno, non giunsero più notizie, nè alla sua famiglia, nè alla donna del suo cuore, nè agli amici. I giornali si occuparono di lui, che portava oramai un nome noto e caro al pubblico e ne parlarono con parole di alta lode e di profondo cordoglio.

Un suo compagno d'armi portò la notizia ch'egli era caduto alla testa del suo battaglione, combattendo da valoroso. E siccome tutte le ricerche fatte dal comando per rintracciarlo, furono vane, la sua morte fu creduta un fatto, e coloro che lo amavano piansero e soffrirono per la sua scomparsa dal mondo.

Sylvia Mirelli fu turbata da un sincero dolore di cui non avrebbe più creduto suscettibile l'animo suo. L'uomo che, vivo, da molto tempo non amava più, le sopravvisse nel cuore, morto, con improvviso amore risorto! La sua mente tornò indietro di tre anni, annullò il tempo e lo spazio, rifiorì di tutta l'antica primavera, si riaccese e divampò dell'antica fiamma d'amore...

«Franco, Franco, povero Franco mio! Che farò senza di te?» gemeva l'anima sua.

Per uno strano fenomeno visivo interiore, ella dimenticò la parabola discendente dell'affetto, la freddezza, lo sforzo pietoso pel quale era rimasta unita all'amante, nell'ultimo periodo, e vide soltanto in sè l'antica vita d'amore, risorta come per incanto, presente, viva, calda di ricordi e di dolcezza, acuta di nostalgia e di rimpianti, dolorosa come un grande, come un immenso bene perduto!

Tutti i difetti, tutte le debolezze di Franco, tutte le delusioni che le aveva date, tutte le stanchezze che aveva di lui provate, furono cancellate subitamente dalla sua memoria: la lucidità del giudizio di nuovo si annebbiò e la pietosa benda si distese ancora sui belli occhi intelligenti e volubili.

«Morto, morto, il mio povero, il mio unico amore! Come lo amavo! Come mi amava! Nessuno più mi amerà con sentimento cosí profondo! Oh triste libertà, oh vuoto gelido nella vita!». Diceva, sospirava cosí, ed era compiutamente sincera. Ora si figurava, e l'autosuggestione era totale, che l'avrebbe presto sposato se fosse vissuto. E lo vedeva senza difetti. Il suo ingegno le pareva geniale. La sua vita le pareva quella di un eroe. La persona di lui, idealizzata dalla morte, le pareva di una bellezza romantica. Non rammentava, nemmeno per ombra, di averlo trovato negli ultimi tempi, un tipo un po' comune, tendente ad ingrossare, con una eleganza di gusto non irreprensibile, un po' rumorosa. Non ricordava più le sue pedanterie d'uomo metodico, di abitudini precocemente senili, e lodava del morto amante lo spirito d'ordine, il carattere serio e ritmico, indice di bene equilibrata coscienza.

La morte, pietosa come una mistica luce oltremondana riflessa sulla terra, aveva gettato nell'ombra tutto il male, tutto il brutto, tutta la zavorra di quella figura umana, dando magnifico rilievo a tutte le qualità migliori, le quali per un effetto d'ottica spirituale, rifulgevano ingrandite, perfezionate, idealizzate... come da un misterioso artista geniale! Non inventava nulla Sylvia sul conto del morto amante, no: vedeva con benevolenza, migliorava, correggeva la realtà... cosi come fa l'amore, così come fa la morte.

E Sylvia Mirelli, l'affascinante donnina, l'artista dalle molte arti, si struggeva nella sua desolazione. Non voleva essere consolata, respingeva gli omaggi che si offrivano a lei da cento parti, decisa a chiudersi in una vedovanza ostinata senza possibili sorrisi... Si era vestita di gramaglie e la sua fragile bellezza fatta di espressioni mutevoli e di leggiadre linee guizzanti, aveva squisito risalto dai sapienti veli neri che l'avvolgevano. Non portava un lutto pesante, no, perchè tutta quell'ombra troppo malinconica avrebbe pesato sul suo cuore. Qualche rosa bianca alla cintura, qualche mazzetto di viole, una fibbietta di brillantini alle scarpette, un filo di perle al collo...

Il suo dolore si addolciva guardandosi allo specchio perchè si trovava tanto carina nei mesti e pure squisiti abbigliamenti: e all'angolo della bocca fine, un po' avvivata dal carminio, s'iniziava qualche accenno di languido sorriso... mentre dai bellissimi occhi bruni scivolava giù qualche lagrima...

***

Ma ecco che un giorno una fulminea notizia percosse come una scarica elettrica il pubblico... prima ancora che gl'intimi: Franco X, il bravo soldato, il noto scrittore, non era niente affatto morto. Ma, gravemente ferito, da alcuni mesi prigioniero, non aveva potuto dare notizia di sè. Aveva tentato fuggire ma inutilmente. Adesso, a guerra finita, aveva potuto finalmente dar notizia della sua... risurrezione e del suo prossimo ritorno.

Nella festosa gioia dei parenti, degli amici e conoscenti... ci sarebbe stata una misteriosa macchia d'ombra... se i segreti delle anime fossero trasparenti. Sylvia Mirelli fu felice, naturalmente, della risurrezione di Franco... Manco a pensarci! «Povero figliuolo! Ah che sorpresa, che sbalordimento, che gioia! Pare un sogno... come si fa a credere? È una gioia che soffoca!». Pianse di consolazione.

E siccome, nel periodo della... morte di lui, si era un po' compromessa con la di lui madre, coi più intimi amici, rivelandosi sua fidanzata, ora dovette necessariamente sostenere la sua parte.

Andò dalla madre raggiante di gioia a piangere con lei di allegrezza... Accettò le congratulazioni degli amici... e dovette mostrarsi la più felice delle donne e delle fidanzate.

Mostrarsi? No. Era contenta, che diavolo! Già. Ma, daccapo! Sentiva che verso il risuscitato amante non provava più nessun sentimento d'amore. Oh bella! Ma cos'era dunque lo strano, inspiegabile, sbalorditivo fenomeno? Mistero. Perchè amarlo tanto morto, povero amico, e provare per lui vivo tanta indifferenza?

«Egli tornerà dunque sano e salvo. E per il mio contegno di questi ultimi tempi, avrà finalmente il diritto di esigere ch'io diventi sua moglie...».

Una grande tristezza la prendeva a questo pensiero, in faccia al pericolo imminente ed inevitabile. E non vedeva via di salvezza.

Sacrificarsi. Era ormai il suo destino. Non era più possibile negarsi al vivo, dopo essersi, con dedizione totale, data al morto.

Teneva alla sua riputazione di donna galantuomo, e un voltafaccia oramai l'avrebbe demolita moralmente.

Pensava, rifletteva, per consolarsi.

Che strana, fantastica cosa, la lontananza, l'assenza, la morte! Che onda di retorica ha allagato il mondo, da secoli, a proposito della morte! Come l'hanno diffamata i poeti, abitatori delle nuvole! «Cruda morte, morte spietata, morte ladra!» e mille e mille consimili contumelie!

Ma se è la sola amica pietosa degli uomini mediocri! Colei che trasfigura in sante menzogne la pedestre inesorabile verità della vita!

Allora... l'arte la soccorse e le suggerí l'ispirazione per un quadro: il grande quadro ch'essa sognava da anni di fare, pel quale fino ad allora l'estro le era mancato.

Il quadro rappresentava una nuova personificazione della morte. Non già la solita scheletrita figura che fa rabbrividire i mortali... ma una vaghissima, dolcissima, ideale parvenza, di ambiguo sesso, d'indefinibile età, nell'atto di avvolgere la terra di veli bianchi, rosei, azzurri e di bendarla di fascie d'oro, di giuncarla di delicati fiori, di irradiarla di luminosi sorrisi... di polverizzarla di chiaro di luna e di stelle...

Allegoria, simbolo, satira colorata (a seconda del gusto dei critici che avrebbero giudicato il quadro!) per significare le pietose illusioni, le caritatevoli menzogne, la santa trasfigurazione dall'umano al divino, di cui non è già dispensiera la Vita... ma soltanto la pietosa, caritatevole, misericordiosa sorella Morte!

E quell'opera d'arte fu la sua vendetta.

La giornata d'aprile è fresca e grigia e reca nel suo giovane respiro qualche brivido del vecchio inverno.

La visione verde, che entra per le finestre, è quasi un'ironia: e quella glicinia che veste il muro, là in faccia, con la sua fioritura di grappoli lilla, senza foglie, pare una stonatura, un po' ridicola, come un'invitata frettolosa giunta troppo presto ad una festa! Nel salotto, non più riscaldato dal termosifone, arde la fiamma nel caminetto. Un'allegra fiamma, che rende più intima e più gustosa l'ora del tè.

Ho una sola invitata. Una cara piccola amica che mi piace e mi diverte, come un giocattolo grazioso e complicato.

Una ragazza ventenne, bellina, elegantissima, con una sua intelligenza non profonda ma bizzarra, niente colta, ma piena di scappate imprevedute e saporite. Passa per molto civetta, per troppo emancipata, per una signorina che fa paura ai giovanotti che potrebbero sposarla: per una ragazza modernissimo stile. E la maldicenza, buona figliuola dell'invidia, si diverte a ricamare sul conto suo storie e storielle tutt'altro che edificanti.

Ma io ho fiducia in Lolette, e qualche cosa che non ha nome mi assicura che quella piccola donna vale, moralmente, assai più e assai meglio della sua fama. Prima di tutto è di una sincerità che salta agli occhi e che prorompe e trabocca su dal suo cuore aperto e franco.

Ci sono sintomi che non ingannano. Essa ha, anzi, la spavalderia, l'affettazione della sincerità: dice tutto quello che le passa per la testa, e spesso dice cose che sarebbe meglio tacere. Le donne che commettono certi peccati non sono quelle che parlano di più...

Lolette è felice quando io le accordo una particolare udienza. Le piace follemente di parlare a quattr'occhi con me... forse perchè spera, nella sua piccola vanità, di fornirmi materia per qualche mio studio psicologico...

Quel pomeriggio d'aprile io ero in vena di ascoltare e lei di raccontare.

Io seduta sul basso divano di fianco al camino, lei seduta per terra, com'è suo costume. Per Lolette i mobili sono perfettamente inutili. Un molle tappeto, qualche cuscino, una sigaretta (dopo molti pasticcini), la lingua in movimento: ecco la felicità!

Le dico: – Se io ti lascio stare davanti a me in codesta posizione poco corretta, voglio un compenso. Les affaires sont les affaires.

– Tutto quello che vuole! Ordini! Obbedirò.

La guardo. È proprio carina e buffa! Pare una bambola, di quelle belle e care bambole che si usavano una volta, dal visino immobile e perfetto (cui prestavamo noi, con la nostra fantasia, l'espressione che ci piaceva), così superiori ai brutti fantocci dalle smorfie caricaturali che si usano adesso!

Lolette è piccoletta, sottile, ma non magra e guizzante come un pesciolino. Ha le caviglie di una cerbiatta, le estremità di razza, una epidermide da anglosassone, i capelli biondocenere cadenti in morbidi ricci sulle guance, la bocca grandicella, gli occhi grigi e profondi e un naso che è la caratteristica della sua fisonomia. Greco no, perfetto no, ma delizioso. Piccolo, intelligente, petulante, con le narici trasparenti, col setto roseo, di una mobilità amenissima. Quel piccolo naso parla, commenta, fa rivelazioni importanti, reticenze comiche, aiuta la parola non solo, ma la supera nell'espressione e nell'eloquenza!

Lolette sta bocconi sul tappeto persiano, lungo distesa, col busto volto verso me, un gomito puntato su di un molle cuscino, la guancia sulla mano. Pare una giovane levriera, lucida e nervosa, pronta a balzare in un salto.

Vestita di crêpe marocain grigio, calze grige, scarpette grige, braccia nude, collo nudo. Tutto riluce di lei, acceso dalla fiamma. E le sue narici palpitano. Esclama: – Che deliziosa miscela di profumi in questo salotto! La sua rosa di Houbigant, la mia Fougère, tutti i fiori che riempiono la stanza, le nostre due sigarette, il sandalo che ha bruciato nella profumiera... il tè che abbiamo bevuto... l'ulivo che arde nel camino.., ah c'è da svenire di gioia!

E si allunga, come una gattina sotto la carezza.

Le dico: — Non esagerare! Non fare l'isterica, chè non mi piace. E rispondi a me. Voglio, intendi?, voglio sapere cosa c'è di vero nelle cose poco simpatiche che si raccontano sul conto tuo!

— Quali cose? — ella chiede, sollevandosi e mettendosi seduta, un po' più presso a me. La sua aria era perfettamente innocente e i suoi occhi limpidi si fissarono nei miei.

— Non recitarmi la comedia, piccola monella! Sai bene cosa voglio dire. Tutti ti accusano d'essere più civettuola del tollerabile, di avere un contegno scapigliato, e di avere superata te stessa l altra sera al ballo del Grand Hôtel. Perchè fai così? Non troverai marito, sai? Ma ti piacciono proprio tanto, gli uomini, che ne hai sempre qualcuno alle costole?

E la guardai con un po' di voglia di ridere, velata da un indefinibile senso di pena...

Lolette scoppiò in una fragorosissima risata, cambiò ancora positura (non più seduta per terra, ma su' suoi calcagni, dopo essersi trascinata ai miei piedi) — Vuol sapere la verità? Tutta la verità, come se fossi davanti al confessore? Ebbene, gli uomini mi fanno schifo!

— Non si direbbe! E la tua affermazione mi pare un po' iperbolica! — feci io, incredula.

— Niente iperbolica. È così, non ho mai incontrato un uomo che mi piaccia, cioè che piaccia al mio naso, senza riserve! Perchè, vede, il fulcro dell'universo, per me, è l'olfatto. Si piace a quello... o niente!

Fui io, allora, che risi sonoramente, eppoi: — Come sei strana! Non sapevo che tu appartenessi alla razza canina! Ma bisogna spiegarsi meglio. Non mi piacciono gli enigmi. Ti ascolto.

— Già. Lo sapevo che avrebbe riso. Però, lo ripeto, io sono fatta così. I sensi sono cinque, è vero? Vedere, udire, odorare, gustare, toccare. — Contava comicamente sulle sue piccole dita dalle unghie troppo rosse. — Ma per me, in fondo, tutti si riassumono in uno. Il terzo. Vedo con piacere le belle cose, si capisce. Ho l'udito abbastanza fino per la musica; gusto le leccornie, specialmente se ho appetito (non sono ghiotta), non capisco che si possa godere toccando... Ma l'odorare mi dà gioia indescrivibile e delusioni profonde. Insomma, gliel'ho detto, vivo col naso!

— Sei buffa, ma anche interessante: prosegui.

— Sempre, fino dai miei primi ricordi, tutte le mie simpatie e antipatie sono state determinate dalle impressioni olfattiche (si dice così?) datemi dalla gente. Una cosa strana, forse, ma indiscutibile. Se una persona non va al mio naso, è finita. E il mio signor naso è difficilissimo da contentare!

— Eppure, si spera, hai sempre vissuto e vivi fra gente sana e che fa il bagno quotidiano! — dissi io, ridendo ancora.

— Non basta, non basta, per carità! Già, io ho scoperto che di gente perfettamente sana e assolutamente pulita ce n'è piuttosto poca! Eppoi, non basta ancora! Ballando, facendo dello sport, la gente traspira... non manda un odore che mi piaccia, e... patatrac!

— Ma sei diversa da tutti gli altri, tu! È una forma di iperestesia la tua!

— Sarà. Non sono scienziata — (Era comicissima la sua aria solenne). — Ma racconto me stessa... come si prende nota di un documento umano. Guardi, persino tra le persone a me più vicine e più care, voglio dire la mia famiglia, prediligo quelle che mandano un profumo a me più omogeneo. Adoravo, da bimba, la mia vecchia bonne, che sapeva di sapone comune, di spigonardo e di pulizia! Detestavo un maestro di ballo, perchè mandava un odore che mi disgustava. I miei cani, i miei gatti, i miei uccelli mi piacciono specialmente per i loro deliziosi sentori. Da bimba, dicevo (mi raccontano), quando volevo un frutto o un dolce: — Voglio mangiare l'odore! — Sì, perchè non c'è bisogno che i profumi siano artificiali. Anche quelli semplici, selvatici, della natura, possono inebbriarmi!

— Addirittura!

— Ah sì! Vede, conosco un uomo che ha una traspirazione così buona, così aromatica, che starei delle ore a fiutarla. Quello... sarebbe stato l'uomo per me!..

– E chi è desso?

– Ahimè! Il nostro giardiniere!

– Oibò!

– Già, oibò! Ma il guaio è che nessun uomo di salotto possiede un aroma che mi piaccia così! L'alito dell'umanità, per esempio, è tutt'altro che puro!

– Tu esageri terribilmente!

– Magari! Vuole una prova della mia convinzione profonda? Ebbene, io non avevo mai, dico mai, fino all'altra sera, accettato nè dato un bacio ad un uomo! E anche alle donne ne dò meno che posso, e trovo così stupida quell'abitudine di distribuire tutti quegli inutili baci... – (mimò una scenetta, gettando piccoli baci all'aria, di qua e di là) — meno rare eccezioni, s'intende.

Una delle sue asserzioni mi aveva colpita. Chiesi – Non avevi mai dato un bacio ad un uomo?... Puoi giurarlo?

– Lo giuro! Ma non per virtù, sa? Perchè non ne ho mai sentita la voglia. Nessuna bocca mascolina mi ha mai data la minima tentazione... E sì che i miei giovani amici hanno la mania di domandar baci.

– Cari!

– Carissimi! Ma... fiasco, poverini!

– Però, senti: sei di un materialismo riprovevole. Ti occupi solo e unicamente del corpo, cioè del terzo senso, che è un senso come un altro, anzi inferiore a qualche altro, non illuderti! E dello spirito non ti occupi mai? Non ti preme sapere se i tuoi ammiratori hanno l'anima bella o brutta, la mente elevata o bassa? Il tuo nasino cosa ne pensa di ciò?

Ella riflettè un poco: — Pensa una cosa desolante. Forse non dovrei nemmeno dirla, questa, perchè lei si scandalizzerà e avrà meno simpatia per me... ciò che mi addolora enormemente! Ma a questo non posso credere. Lei mi vorrà bene lo stesso, non è vero? – e mi baciucchiava le mani.

– Non divagare: e niente baci! Di'!

– Penso che se una bell'anima mi chiedesse amore per mezzo di un respiro che non mi piacesse... me lo chiederebbe invano! E che non mi occuperei dell'anima nè della mente di un uomo che mi attirasse col suo a me omogeneo profumo! Bisogna che un uomo trovi, per conquistarmi, non già la vita del mio cuore.., ma quella del mio naso!

– Sei un bel tipo! Ma mi pare che non sia poi così difficile trovare quello che cerchi. Credi, piccina, che sono assai più ardue le ricerche spirituali che a te non interessano...

– Sarà! Io, per mio conto, oramai dispero. Non rida, no, perchè sono stata alcune volte sul punto di cantare vittoria... ma ho sempre, sul punto più bello, avute delle disillusioni. E la sola volta che mi sono decisa al gran passo, proprio l'altra sera al Grand Hôtel – dove fui così calunniata – sono stata duramente punita!

Ero piuttosto spaventata... ma tacevo.

Ella continuò: – Lanfranco ha tutte le qualità per piacere alle donne non solo, ma per essere un accettabilissimo marito. Le pare? È ricco, ha un bel nome, lavora, è stato soldato, è bello, elegante... non ha proprio alcun grave difetto. Mi fa molto la corte, e siccome i suoi flirts precedenti lo hanno avvezzato male, è maledettamente sfacciato anche con me. Ha presa l'abitudine, capisce? E oramai non la perde più.

– Allora?

– Allora, mi seccava da quindici giorni per avere un bacio. La prova, dice lui, che non mi è antipatico. Che stupido, non è vero? Gliel'ho detto venti volte che ho della simpatia per lui... Basta, la sua insistenza gli ha portato sfortuna. Perchè, nella serra, «tra l'alghe, tra i fior, tra le palme», volle quasi per forza baciarmi, e il suo bacio non mi piacque neppure un po'! No, perchè sapeva d'alcool, non so, di cognac, di vodka – che adesso è chic! –. Era stato poco prima al buffet e mi sentii sulle labbra il fiato di un carrettiere, uscito allora allora dall'osteria! Puah! Niente baci, povero Lanfranco! È stato quello il primo e l'ultimo, lo giuro! Un'esperienza che mi ha disgustata.

Parlare, in quel momento, era piuttosto difficile. Fu giuocoforza scivolare velocissimamente sulle cose ascoltate... Dissi, cercando assumere un tono deprecatorio:

– Povero amore, a cosa si riduce nelle tue mani! Per un sorso di acquavite... ecco che un uomo che quasi amavi... non è più amato da te! Sei di una stramberia e di una superficialità spaventevoli! Pareggiata ad un bracco volgare, annusi la vita... e non vivi! Dovresti curarti, piccina, perchè forse si tratta di una malattia...

– Non è una malattia, è la mia natura! Sono fatta cosí. E, del resto, cosa c'è poi di tanto strano? Io guardo ed osservo. Non sono mica così sventata come lei mi crede. Ognuno ha in sè un senso prevalente che ne determina i gusti e le azioni...

– Oh oh! Come parli bene!

– Non rida. Si degni di prendermi sul serio per cinque minuti. C'è chi vive principalmente per le sensazioni visive. Il bello, il brutto sono le cause determinanti della loro scelta, nell'amore. (Perchè qui si parla dell'amore, o signora!). Si è detto (non so da chi) che il naso di Cleopatra pesò sui destini di Roma! E ciò vuol dire che quei grandi personaggi che amarono la regina d'Egitto... (d'Egitto, è vero? perchè non sono forte nella storia) sentivano l'amore per mezzo degli occhi. Sí, o no? E potrei continuare un pezzo nel documentare l'importanza del primo senso. Anche il secondo è ricchissimo di fasti. Ah sì! La voce è una terribile galeotta, a quanto si dice. I tenori, le prime donne destano grandi passioni e innumerevoli capricci, anche visti solo di lontano, sotto i loro trucchi, a malgrado della loro probabile volgarità. Ciò prova che ci sono categorie di persone che scelgono l'oggetto del loro amore con l'udito. Sì, o no? Il gustare si esplica specialmente a favore della conservazione della specie... (non della riproduzione...) ed è meno interessante. Eppure ci sono i ghiottoni che non dànno a niente maggiore importanza che a ciò. Non è forse vero?

Io non interloquivo più, sbalordita: e Lolette faceva oramai un monologo.

– Il significato del quinto senso – ella riprese – mi sfugge in parte... Credo, anzi dovrei dire, «temo» che sia pieno di significazioni oscure e burrascose... che non mi attirano... Nenè, tempo fa, voleva spiegarmi i misteri del quinto senso, e poichè non volli mi disse che sono un'oca... e si buscò un bel ceffone! Ma torniamo al terzo senso, al mio, a quello che determina in me il gusto e la scelta delle mie simpatie. Perchè negarlo? Perchè denigrarlo? È un senso come un altro, pieno di bellezza e di poesia! Comprende nel suo regno i fiori, la parte più divina del creato! E che colpa ne ho io se preferisco una rosa a tutti i baci dei miei simili? Anch'io vorrei, come Enrico Heine, «poter tuffare l'anima mia dentro il calice di un giglio!». Un mio stupido piccolo amico (che balla molto bene il foxtrot) mi ha detto che non sono sensuale. È un insulto o un elogio? Non lo so. Ma deve essere una scempiaggine. Non è un senso anche il terzo? Odorare! Morire di gioia, odorando tutti i deliziosi profumi del mondo! Dunque io sono una sensualissima creatura. Sì o no?

Accese una sigaretta, ne aspirò il fumo con voluttà e rise spalancando la sua bocca rosea, fresca e pura... che aveva pronunciate tante parole bizzarre, sciocchine, innocenti e... perchè no? anche forse inconsciamente profonde...

In quel borgo romagnolo, lontano dalla città, sperduto nella gran pianura fertile, l'atmosfera morale era sempre carica di elettricità, accesa dalla passione politica, ch'era come il possente motore di tutte quelle macchine umane. O meglio, di tutta la parte maschile della popolazione, chè le donne, veementi anch'esse, erano più specialmente dedite all'amore.
Nel popolo i connubî erano frequenti, sia legittimi che illegittimi. Fioriva l'amore lungo tutti i sentieri e in primavera cantavano sugli alberi gli uccelli i loro epitalami, e sotto gli alberi tenevano bordone gli epitalami umani. Nelle famiglie dei possidenti le nozze erano meno frequenti, perchè i borghesi locali non erano molti, e, a farlo apposta, a tutti nascevano femmine.
In casa del sindaco erano cinque ragazze da maritare... e di mariti convenienti ce n'erano pochi. La maggiore, finalmente, si era fidanzata ad un ricco tanghero. La seconda, la più evoluta moralmente e la più ardente d'anima, avrebbe voluto un marito degno d'essere amato con passione, un eroe da romanzo (perchè essa leggeva i romanzi dalle copertine colorate) e disperava oramai di trovarlo.
Le cinque sorelle avevano tutte nomi strani e melodrammatici, perchè il padre, benchè sindaco, ricco agricoltore e capo del partito conservatore, era romantico e imponeva alle sue figlie i nomi delle eroine delle opere che d'anno in anno si rappresentavano nel teatrino comunale, nella stagione della fiera. Si erano date, negli anni di nascita delle ragazze, la Favorita, la Traviata, il Trovatore, la Norma, la Sonnambula; e le ragazze si chiamavano Leonora, Violetta, Azucena, Norma, Amina.
Violetta, quella di cui i casi saranno qui raccontati, era una fanciulla ventenne, di una bellezza bizzarra e originale. Non si comprendeva d'onde ella avesse presa quella personcina sottile e felina, quei grandi occhi scuri dalle sopracciglia nere quasi congiunte, che davano al suo visino pallido un'espressione dura e volontaria.
I genitori, le sorelle, erano tutti alti e fiorenti, come di un'altra razza più possente e più semplice.

***

In quel tempo era arrivato nel turbolento borgo funestato dalle guerriglie rosse e gialle, il nuovo medico primario: un uomo sui trentacinque anni, di media statura, nervoso, con una bella testa caratteristica e intelligente. Nel concorso era riuscito primo e il Consiglio comunale non aveva avuto paura del suo passato. Anzi, poichè un uomo di fegato è sempre sicuro di trovare ammiratori in una regione dove la violenza esercita sugli animi un fascino invincibile, egli ebbe subito un partito, benchè fosse alieno dalla politica.
Il dottor Oreste Daelli aveva, cinque anni innanzi, ammazzata sua moglie per gelosia ed era stato assolto. Se non fosse avvenuto quell'intoppo la sua carriera sarebbe stata assai più rapida e brillante, perchè aveva molto ingegno e molta cultura scientifica.
Adesso era diventato misantropo. Forse la sua propria coscienza non lo aveva assolto come il consesso dei giurati... certo pareva che la gente gli dispiacesse e che la solitudine fosse la sua migliore amica. Lavorava, studiava, curava i malati dell'ospedale e quelli della condotta, girava per ore la campagna a piedi, in barroccino o in bicicletta.
Una vecchia donna e un garzone accudivano alle faccende domestiche e vigilavano sulla sua solitudine nella graziosa villetta ch'egli aveva presa in affitto mezzo chilometro fuori del borgo.
Ma la sua pace non potè durare a lungo. In un paese il medico è una delle risorse delle conversazioni, Alla farmacia, al caffè, nelle case dei maggiorenti locali, si tramavano di continuo attentati alla libertà individuale del dottor Daelli; il quale ritroso e guardingo e fatto ombroso dal suo passato, una volta che si vide guardato di buon occhio e cercato, si venne a poco a poco spogliando della sua selvatichezza.

Anche in casa del sindaco fu invitato a desinare, a giuocare a «scopone», tanto più che, essendo scapolo, egli poteva essere considerato come un possibile marito... È ben vero che il modo col quale quell'uomo era... ridiventato libero non era dei più comuni... Ma, da onesti genitori che abbiano cinque ragazze da collocare non è umano pretendere ch'essi guardino tanto pel sottile a quella merce rara e desiderata che si chiama un genero

Violetta, intanto, si accese pel dottore di una passione esaltata che non fu più, in breve un mistero per nessuno. Bella, giovane, con una rispettabile dote, ella si sentiva in una posizione vantaggiosa per poter fare all'uomo che amava i primi approcci, senza venir meno alla sua dignità di donna... Eppoi la sua dignità non esistette più dal momento in cui divampò il suo amore.

Aveva, come s'è detto, un temperamento portato agli eccessi. Se fosse nata uomo, in quella terra vulcanica, sarebbe stata un politicante arrabbiato e pericoloso. Essendo femmina, era una innamorata per vocazione irresistibile, era una di quelle creature che vogliono nell'amore o vincere o morire.

A curare quella ragazza che si ammalava di passione... fu chiamato il medico... cagione del suo male. E quell'uomo selvatico, ombroso che tanto aveva sofferto per una donna, che aveva giurato a sè stesso di non amare mai più, che faceva da cinque anni una vita da anacoreta... fu debole ancora (perchè era un debole larvato da forte), si lasciò amare, si lasciò riprendere dall'amore, dalla fede, dall'illusione della felicità... e sposò Violetta, innamorato perdutamente come era stato a vent'anni, col suo nuovo amore nobilitato, spiritualizzato da una tenerezza quasi paterna.

Violetta, appena maritata, volle, pure nella sua immensa felicità, leggere il processo di cinque anni innanzi, rimescolare le ceneri del passato di suo marito, di quel truce passato che aveva contribuito ad accendere la sua passione, sapere tutta l'antica storia di dolore e di violenza, conoscere tutti i particolari della tragedia.

Nelle ore in cui rimaneva sola, un pensiero assiduo le teneva trista compagnia, come un tarlo che lavorasse assiduo nel suo cervello. Il suo amore soddisfatto, l'esultanza della sua carne, non acquetavano del tutto la sua psiche oscura e complicata.

Ella era gelosa del passato di suo marito, era gelosa della donna ch'era stata il primo amore di lui, di quella ch'egli aveva amata così profondamente, così appassionatamente... da ucciderla!

Sentiva, per intuito, che un uomo non uccide mai per il suo onore ma per il suo amore... e quella rivale morta, che aveva avuta quella suprema e terribile prova d'amore, la torturava più che una rivale viva.

E quella gelosia assurda, contro la quale non v'era difesa, ch'ella si vergognava di confessare e che pure non riusciva ad abolire, la rendeva talvolta triste, cupa, muta alle ansiose domande di lui.

Rincasando, spesso egli la trovava così, col volto contratto, tutto ombreggiato da quelle sue grandi ciglia fosche che lo facevano sembrare più pallido e più fino.

– Che hai, piccola mia? Non sei felice? Di'! – egli interrogava, con la sua robusta voce che trovava per lei note di dolcezza quali di una madre che parli al suo bambino.

– Nulla. Mi vuoi bene? – ella rispondeva.

– Oh! Tutto, tutto il bene! – egli diceva questa volta con la calda voce di un amante.

– Più bene che a... tutti al mondo? Come non ne volesti mai... a nessuno? – ella continuava, con la fronte testarda, con la voce carica di lagrime e di dubbi.

– Più bene che a tutti al mondo, come non ne volli mai a nessuno. Alla mia età si ama meglio, con minor egoismo... si ama di un amore perfetto. Io ti preferisco a me stesso. Darei la mia vita per te. Non sono parole, sai? Cerca di comprendere, cara...

Egli l'amava veramente così... Quella giovinetta pura, ardente, che aveva dato a lui il suo primo fiore, l'aveva, ai suoi propri occhi, lavato, riabilitato dal fango antico, gli aveva ridata la fede nelle donne, nell'amore, nella possibilità della bellezza morale... Un tempo aveva negato tutto ciò e siccome era un sentimentale, un uomo a fondo ingenuo, ne aveva sofferto selvaggiamente... e si era fatto giustiziere con immenso, con straziante dolore! La sua prima donna, veramente, non possedeva i requisiti che dànno garanzie di sicurezza ad un marito. Era una ragazza da caffèconcerto. Una viennese, bionda, formosa, rapace, amorale e viziosa. Non più giovanissima (erano coetanei), lo aveva stregato ed era riuscita a farsi sposare.

Dopo pochi anni di matrimonio, in cui egli, cieco, aveva creduto nella riabilitazione di lei per mezzo dell'amore legittimo, ad un tratto, avvisato da una lettera anonima, l'aveva sorpresa con un amante e aveva tirato su la coppia traditrice. Il vigliacco amante, ferito, era riuscito a fuggire. La donna era morta.

Ed erano quei colpi di rivoltella che risuonavano sempre all'orecchio di Violetta... come l'eco inestinguibile di quell'insuperabile amore.

– Come doveva amarla... se l'ha uccisa! – ella ripeteva nei suoi angosciosi duetti tra il suo geloso cuore e la sua ragione in cui quest'ultima aveva sempre la peggio.

Dai giornali di quel tempo aveva conosciuto il volto della rivale e la sua anima era piena d'odio e d'invidia per quell'ignobile, se pur bella, femmina grassa e bionda, dai piccoli occhi ridarelli, dall'acconciatura capricciosa che ricordava l'antica professione. Ella si guardava allo specchio e le pareva d'essere brutta, troppo magra, poco seducente, non atta a svegliare l'amore di un uomo come il suo...

In quei momenti di sconforto, pensava: – Sono io che ho fatto la corte a lui. Egli mi ha presa per compassione... forse per interesse. Non sono disprezzabile, nell'insieme, come moglie, ma in paragone dell'amore che aveva per l'altra... quello che ha per me è un tepido affetto quasi paterno...

E il dèmone della gelosia, di una gelosia ingiusta e morbosa, ma che la faceva soffrire come un'offesa verace ai suoi diritti di moglie e d'innamorata, generò nel suo spirito donnesco, bizzarro, poco equilibrato e passionale, un cattivo disegno: quello di accrescere l'amore del marito per lei, o, meglio, di renderlo più ardente e più tempestoso, come l'amore che aveva per l'altra, ispirandogli la gelosia.

Così ella si finse civetta con gli uomini, ne stuzzicò il desiderio, chiamando a raccolta tutte quelle piccole arti di adescamento che le femmine conoscono per istinto e che solo la più alta coscienza della propria dignità proibisce loro di esercitare. Ella era dissennata perchè in passione, irriflessiva, quindi obliosa delle conseguenze che la finzione del vizio poteva portare. Non pensava alla sua riputazione di onestà, all'onore di suo marito, a nulla. Voleva eccitare la gelosia di lui, metterlo alla prova, misurare la profondità dell'amore di lui, fare il confronto... rasentare il pericolo, provare il brivido della tragedia... anch'essa, anch'essa!

In due anni di matrimonio non aveva avuto figliuoli. Per la professione del marito restava molto sola e tutto il piccolo viluppo di nervi che componeva il suo essere, vibrava, teso conte spasimante corda di violino, verso un'armonia interiore che non le riusciva di raggiungere...

Ricorse dunque ad una commedia. Pura, tutta sua, innamorata fino all'esaltazione, ardente conte un rogo pel suo legittimo compagno, ella volle essere creduta da lui traditrice della fede coniugale. Prese a curare la sua personcina, ch'era naturalmente elegante, in modo ostentatamente raffinato. Andava spesso in città, aveva la sarta in casa ad ogni momento, usava profumi sottili e tenaci; il suo assegno non le bastava più, chiedeva di continuo supplementi al marito, che volentieri accontentava tutti i capricci di lei.

Eppoi ella volle ricevere, invitare gente a pranzo, volle rimettersi a suonare il pianoforte, e alla stagione della fiera, per mezzo di suo padre, ch'era sindaco del paese, volle conoscere personalmente i cantanti, invitarli a casa, a malgrado della disapprovazione del marito. Il quale non era geloso, perchè aveva cieca fiducia in lei, ma la credeva una bimba ingenua, un po' guasta dal suo affetto, che bisognava mettere in guardia, ignara com'era del mondo e dei suoi mali.

– Guarda, mia piccola Viola fresca e odorosa, questa volta non approvo... Non ti basta di sentirli sul teatro? Perchè vuoi invitare della gente che non sappiamo chi sia? Andiamo adagio...

– Che c'è di male? Sarei così contenta! Il direttore d'orchestra è una persona distinta, il tenore pure... io adoro la musica! Si farebbero dei piccoli concerti! Non farmi opposizione, non te lo perdonerei...

Egli non seppe resistere. Diceva tra sè:

– Povera piccina! Che diritto ho io di toglierle un piacere? Cosa temo? Perchè ho conosciuto una donna indegna, dovrei diffidare di questa giovane creatura, pura e profondamente onesta, che non ha nemmeno un'idea di ciò che sia colpa, che vive solo di me e per me? I germi cattivi si hanno nel sangue, come le malattie. Si nasce sgualdrine o oneste, come si nasce con la tendenza alla tubercolosi o con polmoni sani. Non voglio che il ricordo sinistro dell'altra contamini l'atmosfera di fede, di bellezza morale che aleggia intorno alla fronte di quest'angelo! – Cosi egli si rimbrottava. E lasciò a sua moglie la più completa libertà.

Ella perseverò nel suo disegno, disillusa, umiliata che la fronte di lui, rannuvolata un istante, si fosse subito distesa nella linea di beata serenità che aveva ritrovata dacchè si sentiva amato da lei.

Gli uomini del paese sui quali, come su dura cote, aveva provata la punta delle sue donnesche armi, erano zotici e timidi; non avevano creduto possibile che la giovane e bella moglie del dottore tentasse la loro virtù altro che per uno scherzo innocente... e un poco anche erano tenuti in rispetto da quel gagliardo marito che aveva dimostrato di ben sapersi fare giustizia da sè. Non già per paura di lui, chè i romagnoli, si sa, sono più che coraggiosi, temerari, ma per deferenza verso la sua forza. Un violento, in Romagna, attira su di sè le simpatie della folla, indiscutibilmente.

I giovani musicisti che furono ammessi in casa del dottore ebbero meno scrupoli. Violetta non ebbe bisogno d'essere lusinghiera (ciò che in fondo ripugnava alla sua anima presa tutta dall'unicità di un immenso amore) perchè quei giovani scapestrati cominciarono spontaneamente a corteggiarla. Il tenore era volgare e sapeva di vino, quando cantava, accompagnato da lei, le romanze della Cavalleria e dei Pagliacci, che, di sera, facevano delirare il pubblico nel piccolo teatro. Compare Alfio, visto da vicino, era certo sessagenario... e non serviva allo scopo, benchè le facesse il cascamorto. Il direttore d'orchestra era un giovane alle sue prime armi, simpatico, di buona famiglia, che certo avrebbe percorso un brillante cammino. Aveva una vibrante anima d'artista e d'uomo, ammirava Violetta sinceramente e prese in breve per lei una vera e autentica passione.

Avere trovata in quel selvaggio borgo, tra rudi politicanti e goffe se pur bellocce femmine, quella donnina moderna, elegante, buona musicista, non insensibile agli omaggi... era cosa che superava ogni sua aspettazione!

Del marito, benchè subito fosse stato informato del suo passato, non aveva alcun timore... Nella vita zingaresca ch'egli aveva da poco incominciata, tra le eccitazioni della musica, nel contatto di gente amorale, egli aveva promesso a se medesimo di prendere sempre il bene dove lo trovava. E cominciò a stringere d'assedio la moglie dell'uomo che sapeva uccidere, inebbriandosi del pericolo che conferiva un'attrattiva di più a quell'insperato episodio d'amore...

Poichè non gli riusciva mai di restare solo con l'amata, chè ai concerti assistevano le sorelle e le amiche di lei, egli prese a scriverle lunghe epistole appassionate e incalzanti, un po' istrioniche nella forma, ma, sincere, come quelle di un uomo che bruciava veramente d'amore.

Ella cominciava ad avere qualche sospetto di avere male agito... ma i suoi scrupoli tacevano dietro le risposte del suo egoismo, che si credeva in diritto di servirsi di ogni mezzo, buono o cattivo, per difendersi e per soddisfarsi.

Volendo dunque raggiungere il suo scopo, ella lasciò un giorno una di quelle missive, non firmate, ma che alludevano a musicali riunioni, sul suo tavolinetto da lavoro. La collocò in modo che paresse nascosta e lasciò entrare il marito. Il suo folle cuore batteva un ritmo eroico, come quello di un buon soldato, che sappia di andare incontro ad un pericolo e che non tremi...

Ella portava una graziosa veste di seta rossa, dalla quale emergeva il collo sottile come uno stelo recante il calice elegante di un fosco e vellutato tulipano.

Il marito la serrò contro il cuore pieno del suo grande amore sereno, poi si mise a celiare con lei, ritrovando il buon umore dei suoi vent'anni; si diede a toccare gli oggetti che erano intorno alla sua donnina adorata, dolci e sacri per lui come reliquie.

– Chi ti scrive, piccola? – e prese la lettera, che ella finse voler prendere a sua volta, impallidendo veramente un poco... – Un segreto? Allora... col suo permesso, signora, è anche mio!

Mentre egli leggeva, ella, col capo chino sul suo merletto leggero, agucchiava rapidamente e avrebbe voluto essere lontana, avrebbe voluto quasi poter annullare quello che aveva fatto... Non voleva confessarselo... ma aveva un poco paura.

– Chi è costui? – disse una voce ch'ella non conosceva. Alzò gli occhi per istinto e li abbassò subito. Il volto di suo marito faceva veramente paura. Ella esultò e sulla sua fronte dovette passare una di quelle verità luminose che non si prendono in cambio, perchè la fosca faccia dell'uomo violento si appaciò.

Disse: – Uno di quei saltinbanchi, è vero? Avevo ragione, bambina. Però – ed ebbe nella voce un rimpianto che parve un singhiozzo — bisognava dirmelo. Non dovevo trovare questa lettera; si doveva darmela... E adesso, basta. Nessuno di quei buffoni metterà più il piede in casa mia nei pochi giorni che resteranno ancora qui. La faccenda mi riguarda.

Prese la lettera, se la mise in tasca ed uscì... Ma poi rientrò subito; andò a baciare in fronte sua moglie ch'era rimasta al suo posto muta, interdetta, in una tempesta di dubbiosi pensieri. – Povera piccina! La colpa è mia! Non dovevo lasciarti esposta a queste mancanze di rispetto... Sei in collera? Amore mio...

Ella era molto nervosa e pianse dirottamente sul cuore del solo uomo che esistesse per lei sulla terra.

***

Ma la sua saviezza non durò. Pensava: – Come mi ama poco! Per l'altra certo non avrebbe fatto così! Sì, ha messo alla porta i musicisti... eppoi? Non si è nemmeno domandato se io avessi o no simpatia per colui che mi scriveva! Se ne avessi? Che ne sa lui? Perchè si sente così sicuro? Dovrebbe pur sapere che una donna può avere un amante quando il marito meno se l'aspetta! Ma la sua sicurezza nasce dal poco suo amore... Mi vuole bene, sì, mi stima, mi crede una donna onesta, ma non ha per me il vero amore, quello che aveva per l'altra. Quando si ama veramente, non si ragiona... e lui adesso ragiona troppo!

Fu presa dal desiderio ch'egli sragionasse anche per lei... Come fare? Ancora una finzione, la più grave, la più pazza. Scrisse una lettera di risposta a colui che l'assediava (una lettera che non avrebbe mai mandata, s'intende) in cui ella dichiarava di corrispondere all'amore di lui, d'essere vinta dalla stessa passione e d'essere disposta a concedere quanto egli chiedeva. Proponeva un ritrovo, in un luogo solitario, per prendere accordi, per la comune gioia. Mise la lettera nell'anticamera, sul vassoio dove stavano le lettere che dovevano essere portate alla posta e quelle che giungevano; e coprì con un giornale aperto il vassoio, come se quella precauzione inadeguata fosse bastata a nascondere il documento terribile!

L'atroce commedia compiuta, ella attese palpitando il ritorno di suo marito.

Ciò che doveva avvenire avvenne. Egli ritornò, passò per l'anticamera, sollevò il giornale che copriva il vassoio, prese la sua corrispondenza, gettò uno sguardo su ciò che restava... e non indovinò l'ingenua nequizia di quel donnesco giuoco...

Lesse e credè. Svisceratamente e pure pudicamente innamorato della sua giovane moglie, verso la quale egli sentiva la tenerezza di un padre oltre quella di un amante, ciecamente fiducioso in essa, che aveva ai suoi occhi riabilitata la femminilità ch'egli aveva, prima, in orrore: colpito come dal fulmine, deluso, umiliato nella miglior parte di sè, avvilito, annientato... egli esecrò l'esistenza.

Il violento si ridestò all'improvviso nell'uomo fatto mite e pacifico dalla felicità. La belva dormente, sempre in agguato in certi uomini, diè un balzo, sorse dal suo torpore!

«Uccidere, uccidere!». Questa necessità si drizzò nelle tenebre di quello spirito oscurato dal dolore. La nuca gli faceva male, gli occhi vedevano ombre ora nere, ora rosse... Rivide l'altra, nella pozza del

56

suo sangue, ma l'animo non gli bastò di immaginare questa... esanime, uccisa da_ suo gesto vendicatore... Un'onda di tenerezza annegò il suo impeto cieco di distruzione...
Allora, senza rivederla, andò a rinchiudersi nella sua stanza da studio... e un colpo di rivoltella percosse l'orecchio della più amata...

Abitavo in una piccola città di Romagna, con mia madre. Eravamo quasi povere, ma di famiglia distinta: la casa era nostra, situata in una via solitaria.

Non so perchè, è più vivo in me, di quel tempo, il ricordo delle giornate d'estate che di quelle delle altre stagioni. Forse perchè il caldo mi era molto molesto e che i ricordi disaggradevoli si cancellano meno facilmente.

Si andava in campagna solo in settembre, presso una parente di mia madre, agiata ed arcigna.

Ma il luglio e l'agosto li passavamo in città. Si tenevano aperte le finestre di notte, chiuse o socchiuse di giorno, si mettevano le fodere ai mobili e si cercava d'illudersi d'essere in villeggiatura. Veramente la posizione della nostra casetta si prestava abbastanza all'illusione.

Aveva davanti, al di là della viuzza petrosa ed erbosa, il grande orto del curato di Sant'Agostino, annesso alla chiesa. Il bel campanile rossiccio si ergeva fra il verde, e alcune belle piante fruttifere (specialmente un immenso albero di fico) sopportavano serenamente la loro prigionia tra le mura cittadine. Da quell'orto veniva su, in primavera, un profumo delizioso e malinconico, che andava d'accordo col suono delle campane del fulvo campanile, suono particolarmente triste e snervante. D'estate, in modo speciale, i rintocchi di quelle campane assumevano un'intonazione quasi funebre, che mi fasciava l'anima di inesplicabile pena.

Di pene reali, per essere sincera, allora non ne avevo. Per allora intendo parlare di un periodo che ebbe grande importanza nella mia vita sentimentale. Allora, dunque, avevo vent'anni. Una grande ricchezza, non è vero? La mia giovinezza mi teneva buona compagnia. Cosa facevo? La mia vita era quella di una monaca, o press'a poco. Ma fantasticavo. E l'estate era la stagione, chi sa perchè, maggiormente amica del mio fervido fantasticare. Inventavo storie, storielle, favole, romanzi addirittura, di cui la protagonista, anzi l'eroina, ero sempre io.

Racconti delle mille e una notte, fioriti su dal chiuso orticello del mio cuore... in faccia al grande orto del curato di Sant'Agostino, che era il mio orizzonte.

Che silenzio intorno a me! D'estate, dopo il pranzo (che avveniva all'una del pomeriggio, alla romagnola), la mamma, attiva come Marta della Scrittura, si concedeva il lusso di andare a riposare un'oretta. La vecchia domestica rigovernava in cucina, io davo ordine al salottino da pranzo e mi concedevo un lusso anch'io: quello di affacciarmi alla finestra, dietro le griglie socchiuse. Non passava anima viva per minuti, per mezz'ore intere! Qualche cicala, nell'orto, qualche frullo d'ali, nel malinconico profumo effuso nell'afa meridiana.

Da una viuzza vicina giungeva un altro odore meno piacevole, ma non disaggradevole alle mie nari, (forse per l'abitudine) d'unghia di cavallo bruciata, dalla bottega di un maniscalco che non si vedeva, ma di cui si sentivano i colpi, quando configgeva i chiodi negli zoccoli dei cavalli, attaccati per un grosso anello al muro. Qualche grido di venditore di bibite o di frutta, ogni tanto, con le cadenze solite, cognite al mio orecchio fino dalla mia infanzia...

E la voce legnosa di una cornacchia, appartenente al maniscalco, che saltellava qua e là, un po' zoppicante, e che appariva fino allo svolto della via, richiamata a casa dalla voce amorevole del padrone «Mingon, a cà, Mingonazz!»

Passava anche un venditore di ombrelli, qualche volta, e uno di pantofole, che attirava teste femminili alle finestre e che faceva sbucare dalle porte qualche serva dai piedi «dolci»...

Sempre, così da tanti anni, le estati, uguali nel mio ricordo! Vent'anni, che mi sembravano, talvolta, fuggiti via come un branco di uccellini, gettati via come un povero mazzo di fiori vissuto un giorno, e talvolta, invece, pesanti ed immobili come fossero stati di piombo!

***

Ma quell'estate, nella mia calda e monotona prigione cittadina aureolata di sogni, si fece udire una voce nuova. Il suono delle campane, il frinire delle cicale, le rare grida dei venditori ambulanti, il martello del maniscalco, il gracchiare della cornacchia, ebbero un compagno: un trombone. D'onde veniva? Mi fu difficile seguire l'aerea traccia del suono, che ora pareva venisse dalla destra, ora dalla sinistra, per uno strano effetto di acustica.

Veniva da sinistra, da una casa bianca e alta, che aveva una finestra dominante il tetto di una casa più bassa, la quale separava la casa alta e bianca dalla nostra. La voce del trombone veniva giù di là, e scendeva nell'ora più calda della giornata, nell'ora della siesta di mia madre e della mia libertà. Potevo così affacciarmi alla finestra del salottino da pranzo ed ascoltare. Perchè mia madre aveva tale orrore delle signorine provinciali che stanno alla finestra, che, lei sveglia, non potevo nemmeno avvicinarmi a quel luogo di perdizione!

Non passava mai nessuno, la viuzza era sassosa ed erbosa... eppure la mia povera buona mamma temeva quei rettangoli aperti sul mondo... come una madre moderna potrebbe temere, che so io?, la scappata di sua figlia ad un qualsiasi Bal Tabarin!!

Dunque il trombone suonava, suonava, nell'afa meridiana, con la sua voce tonante, un po' oscillante, spesso stonata, qualche volta limpida. più sovente roca e malsicura, e allora, non so perchè, buffa e ridicola. Però era una voce che mi attirava, che mi piaceva, che ogni tanto mi commoveva col patetico del suo accento così ingenuamente sincero! Rammento che ripeteva spesso: «Qual cor perdesti» della «Norma», con una relativa limpidità di suono e con una passione che rendeva bene la linea magnifica di quel brano divino. Per quel pezzo e per qualche altro, il trombone solitario che pareva scendere dal cielo, trasse lagrime dai miei occhi e rimescolò sentimenti oscuri sonnecchianti nel mio cuore ventenne.

Altre volte, invece, le stonature patetiche della grossa, rauca voce dell'invisibile trombone, mi facevano ridere. Si dice che una persona non ride, da sola. Non è vero. Io rammento con precisione d'essere scoppiata in irresistibili risate udendo certi suoni di quello strumento, così malsicuri che somigliavano a versi di animali... boati, ruggiti, mugolii, ragli, barriti! Tutto, fuorchè quello che dovevano essere.

Il trombone, invero, si presta male alla musica d'amore. Fanfare guerresche, pezzi eroici, squilli ribelli, note esprimenti sentimenti bellici e forti. Mi sembrerebbe questo il genere adatto al vigoroso soffio di quel metallo. Invece, no. Il trombone mio vicino aveva tutto un repertorio sentimentale che poco si addiceva alla sua voce tonante. O perchè poi le persone d'animo appassionato scelgano un istrumento così disdicevole alla passione, non si sa! Non sarebbe stato meglio il violino o il violoncello? O se, proprio aveva deciso, colui, di scegliere un istrumento a fiato, per la forza dei suoi polmoni, non era da preferirsi il clarino, l'oboe, qualche cosa di più gentile? Concedevo perfino la tromba, ma proprio il trombone mi pareva una prova di grottesco cattivo gusto.

Eppure, così com'era, il concerto quotidiano mi distraeva e mi interessava, e se un giorno il trombone fosse rimasto muto, ne avrei provato dispiacere... Ma ciò che era strano in me, ragazza di vent'anni, incline, come ho detto, alla fantasticheria, era il completo mio disinteresse, la mia incuriosita a proposito di colui che soffiava in quel tremendo e patetico ottone. Chi era? Non mi ero mai rivolta questa semplice e pur naturale domanda, e, quindi, non l'avevo mai rivolta a nessuno. Quel trombone mi pareva, oramai, una voce della natura o delle cose circostanti, senza personalità. Le campane, le cicale, qualche frullo d'uccello, qualche grido di venditore ambulante, il martello del maniscalco, la cornacchia, il trombone. Era la completa sinfonia di rumori che mi offrivano, nella calma, le finestre aperte sul mondo. E il suono del trombone, ultimo arrivato nella piccola orchestra, aveva conquistato ai miei rosei orecchi di allora, il primo posto; e talora mi faceva ridere. Patetico, commovente ma anche così buffo, così buffo! Ah, ah, ah!!

***

Ma un giorno una mia amica maliziosetta, non certo per darmi una notizia piacevole, forse per darsi il piccolo spettacolo di studiare la mia faccia, mi disse così: – Come sta, Isa, il tuo suonatore di trombone?

Io risposi, ridendo, sincera: – Ah lo sai anche tu? Ma guarda che mi ci fai pensare! Effettivamente deve esserci un suonatore visto che c'è il trombone!

La mia amica (per modo di dire) indispettita riprese: – L'innocentina! Come se tu non sapessi che il suonatore è un tuo innamorato, che ti dedica ogni giorno il suo programma musicale!

Cascai dalle nuvole, protestai... affermai... e naturalmente, poichè dicevo la verità, non fui creduta. Ma devo confessare che quella notizia mi turbò. Di uno strano turbamento, fatto di amor proprio soddisfatto e di... umiliazione. Ho detto che ero una sognatrice, che il mio cervellino fermentava di continuo, dando vita a fantasticherie che a me sembravano meravigliose. L'amore che non conoscevo personalmente, dirò così, mi pareva una cosa magnifica e grande, una specie di chimera alata, avvolta in un nimbo d'oro... Ora, come mai osava l'Amore (con l'A grande, s'intende), presentarsi a me per la prima volta... con la voce gutturale e stonata di un trombone? Arpe, arpe eolie, ci volevano per me! Ero anche bellina e lo sapevo; ero di buona famiglia (se pure non ricca), avevo una certa istruzione... e mi credevo anche in diritto di essere un poco esigente. Un suonatore di trombone! Ma per chi mi prendeva? Un violinista... oh allora, sarebbe stata un'altra cosa! C'è un'inesplicabile ma innegabile e tradizionale estetica delle professioni, in cospetto dell'amore, che agisce sui nervi femminili, a loro insaputa. Questa scoperta l'ho fatta più tardi, allora la subii, senza rendermene conto. Quelle note profonde, spesso false, spesso ridicole... non erano fatte per esprimere l'amore. È vero che qualche volta parevano racchiudere sentimenti pieni di slancio e di passione che riuscivano a commuovermi, ma ai momenti di commozione seguivano troppo frequentemente le impressioni disgustevoli e buffe che mi ricordavano versi animaleschi... e allora, addio poesia!...

Non potevo persuadermi che la voce dell'amore potesse far piangere e far ridere, o far rabbia, alternativamente!...

Ero molto giovane, l'ho già detto, molto illusa, molto nemica della miserella «verità»... E non volli mai conoscere da vicino il suonatore di trombone che, per mezzo di una parente della mamma, fece la sua regolare domanda di matrimonio. Mi vedeva alla messa di Sant'Agostino, mi vedeva alla finestra (io non avevo mai visto lui), sapeva di me vita e miracoli, e mi amava ardentemente.

Era un bravo giovane, impiegato alla Sottoprefettura, che avrebbe fatto «carriera». Non era bello, diceva la zia, ma così così. Amava la musica appassionatamente... e dava, da qualche tempo, i suoi concerti sui tetti, per me.

La mamma trovò che ero una pazzerella a non volerlo accettare e nemmeno conoscere. Però, l'idea di vedermi andar lontano, l'avrebbe talmente addolorata (egli doveva essere promosso), che si consolò del mio capriccioso rifiuto.

No. No. La voce dell'amore non doveva giungere a me, per la prima volta, con simili accenti!

Sconto col sangue mio...

Era, questo pezzo del Trovatore, uno dei suoi preferiti. Nei giorni che seguirono il mio rifiuto, lo suonò a perdita di fiato, con alti squilli tremebondi, con boati da cratere vulcanico... con ambigui suoni tra di raglio d'asino e di triste pianto umano! Povero trombone!

Anche in quei momenti, insieme ad una irresistibile pena, provavo per lui un senso di dispetto... che si scioglieva in una irrefrenabile risata! Un innamorato ridicolo? ah proprio no! Eppure, se fossi stata allora più saggia o più colta, avrei saputo che quel primo campione inviatomi dal destino era un avvertimento, una non troppo oscura allegoria. «Jean qui pleure et Jean qui rit». L'essere umano è tutto qui. In tutte le cose sono lagrime e risa. Anche nell'amore, anzi nell'amore!

Anche nell'amore, che accolsi e condivisi più tardi, udii a tratti, senza volere, con mia umiliazione grande... qualche nota dell'antico trombone... Come si fa? Quando si ha l'orecchio troppo fine...
«Ecco. Questa storiella vera, è per lei, Sfinge! Solo per lei. Non la racconti a nessuno!».
Io dissi: – Lei muore di voglia ch'io la racconti a tutti, invece! Non dica bugie!».
Isa tacque... ed io ho raccontato.

Si erano incontrati, piaciuti, presi, sottratti alla legge, dati alla loro passione trionfale, con rapidità vertiginosa. Il loro amore era stato come un uragano che aveva sconvolte le vite di alcune altre creature ed aveva dato a loro l'oblio e la felicità, in uno di quegli improvvisi scoppi di egoismo umano che sembrano magnifici ad alcuni giudici e orribili a molti altri.

Unendosi per la loro gioia, Rosanna Idis e Manfredo Oddi avevano lasciati i loro compagni legittimi, ed i loro figli, le loro elevate posizioni sociali, il mezzo signorile e sereno in cui vivevano; ed erano andati incontro all'avvenire illuminati dalla rossa luce delle fiamme di cui ardevano.

Erano ricchi entrambi, la vita materiale non offriva loro difficoltà; erano disoccupati e non interrompevano nessuna opera assidua dell'intelletto.

Furono prodigiosamente felici e dimentichi di quanto non fosse il loro piacere. Erano l'uno e l'altra sui trent'anni, di temperamento sensuale e nervoso e d'indole imperiosa. Si assomigliavano moralmente per quanto differivano corporalmente. Egli era un biondo fine, regolare nei tratti del viso, bello della persona, quasi troppo femminilmente gentile, se la vita in campagna e i viaggi in mare non gli avessero dorata la pelle e prestata un'apparenza di forza fisica ch'egli giudicava di buon gusto. Portava il volto glabro, la lente nell'occhio, e una eleganza innata, una disinvoltura in parte nativa, in parte acquisita nelle consuetudini dello «chic» internazionale, rendevano in lui tollerabile l'eccessiva raffinatezza del vestire e d'ogni personale abitudine.

Ella era alta e formosa nella linea squisita della persona, nera di capelli, bruna di carnagione, balenante di luce negli occhi grigi bellissimi, intensi come due riflettori elettrici sui quali ogni tanto calassero come piccoli spegnitori le lunghe ciglia scure che ne velavano d'ombra il singolare splendore. I denti aveva bianchi, forti, grandi, un po' sporgenti, sì che nel silenzio il labbro superiore restava un po' sollevato, e nel riso ne uscivano come piccole zanne, dandole un aspetto un po' ferino, contrario alle regole del bello, ma particolarmente attraente. Quel riso un po' bestiale era il suo difetto ma era anche il suo fascino. Di lei dicevano le donne invidiose, felici di trovarle un punto debole! «Sì, sarebbe una bella donna... ma quella bocca!». Di lei dicevano gli uomini, con gli occhi accesi e bramosi: «Ah, quella bocca!»

Erano gli amanti due raffinati, due complicati, dallo spirito moderno ed inquieto; volevano per il loro amore ardente e spasmodico i più belli ambienti del mondo. Viaggiavano. Piaceva loro adorarsi sotto le palme di Nizza, in riva ai laghi dell'Engadina, lungo i viali delle ville romane, nei canali veneziani, al Bois de Boulogne, a Biarritz, a Ostenda, al Cairo, dovunque fosse un bel paesaggio da godere... e insieme un albergo di prim'ordine con tutti i comodi ultra moderni della vita.

Già da un anno e più essi erano insieme, insaziati, immemori, avvinti l'uno all'altra da un amore che ad essi pareva inestinguibile e meraviglioso. Pareva loro che ogni altro affetto umano fosse tepido e blando al paragone, e avevano degli amori altrui pietà e disdegno. Gli sbadigli dei legittimi coniugi, i consensi interessati delle nozze nella loro classe; i matrimoni di stima, i legami d'abitudine... oh come tutto ciò era lontano, inferiore al loro duetto ardente, alimentato dal desiderio sempre acceso, che rinasceva ogni giorno dalla sua cenere, come la favolosa fenice!

Del loro amore essi erano superbi e amavano ostentarlo senza pudore e senza ipocrisia, perchè il mondo vedesse che si sa ancora amare in questi tempi di scetticismo in cui è divenuta rara la più bella, la più necessaria delle attività umane.

Così essi pensavano. Ed era veramente, in un certo senso, uno spettacolo dilettevole e radioso il vedere quella coppia umana, nel fiorente rigoglio della vita, amarsi ed integrarsi in un perfetto accordo di facoltà create a posta per completarsi. La loro felicità era stata accompagnata da un coro di biasimi e di riprovazioni, ma anche un'onda d'invidi aneliti era salita verso di essi come un incenso profano. Essi se ne accorgevano e ne insuperbivano sempre più, persuasi che una bellezza di eroismo fosse nel formidabile legame che li univa. Erano abbastanza côlti tutti e due per trarre dalla memoria paragoni letterari ed appropriarli al loro caso.

Egli si compiaceva di chiamarla ad ora ad ora, secondo il momento e la fortuita somiglianza dell'occasione, coi nomi delle più amate donne della storia o dell'arte. Se navigava, ella era Isotta, e nel ricordo, il povero abbandonato marito di lei era re Marco. Se leggevano insieme ed interrompevano la lettura per più dolce occupazione, ella era Francesca; Desdemona invece quando egli era preso dalla gelosia, o qualche altra eroina molto amata.

Egli aveva il culto del corpo di lei: immaginarla meno bella per gli anni, o diversa, non avrebbe potuto. Gli pareva che quella splendida giovinezza sarebbe stata eterna per lui, per il suo piacere, per la sua ebbrezza. Ella era come stregata dal fluido che emanava dalla persona di lui. Abbrividiva al suono della sua voce, al contatto delle sue mani, impallidiva se avveniva che, per caso, egli guardasse un'altra donna. Manfredo tremava solo guardando i piedi sottili ed arcuati di lei, la linea del suo collo; soffriva un vero tormento, talvolta tra la folla, nel guardare, senza poterla premere con la sua, quella fresca bocca rossa e ferina di piccola tigre crudele...

Quella deformità della sua amante, che ne rendeva imperfetto il bellissimo volto e che ne era la caratteristica e la nota originale, era ciò che di lei più fieramente lo attraeva.

Ma nel profondo delle anime, delle loro anime mediocri di gregge umano non evoluto, essi si ignoravano. Non avevano mai avuto il tempo nè la curiosità di studiarsi scambievolmente. A che pro? Essi amavano reciprocamente il corporeo involucro di qualcosa di oscuro che loro non interessava.

***

Un giorno, sul terrazzo di un grande albergo di Montreux, tra una selvetta di geranî e di garofani sanguigni, distesa sulla chaiselongue carica di molli cuscini, vestita di una veste da camera di stoffa egiziana autentica, con la sua lunga inseparabile collana di perle (un solo filo lungo cinque metri), ella attendeva il suo amore. Accanto aveva un tavolino da tè, carico di dolciumi squisti e di frutti meravigliosi ch'erano la sua passione. Succhiava un grappolo d'uva, trasparente ed ambrata, dolce come il miele.

Guardava il Lemano vasto come un mare, azzurro come un cielo, la Dent du midi candida di neve, sopra le selve fosche degli abeti, e seguiva il volo basso delle bianche mouettes e il volo più alto di alcuni idroplani, uccelli più grandi e più scuri, nei quali palpitavano giovani cuori umani.. in una gara internazionale indetta per quel giorno...

Egli giunse: – Miissima!

– Miissimo!

– Mia Cleopatra d'oro!

– Mio biondo adorato!

Dai vicini terrazzi erano osservati. Si contennero, si strinsero le mani con una febbre d'amore, che accumulava gioia per la loro solitudine.

– Che delizia, l'acqua! Culla, accompagna le carezze! Ti piacerebbe, amore, passare l'Oceano?

– Ah sì! Un lungo viaggio! Andiamo in America? Assisteremo alle rappresentazioni del Metropolitan; che gioia!

– In capo al mondo, se vuoi. Quando?

– Fra due o tre settimane. Deliro già pregustando il piacere!

– Prima però a Parigi per le tue toilettes, mia tigretta.

– Sì, caro!

– Deciso. Sei contenta?

– Sono follemente felice se tu lo sei..

***

S'imbarcarono a Southampton sopra un grande transatlantico che doveva toccare New York in pochi giorni: il Celtic.

Il fluido animale che li attirava l'un verso l'altra componeva intorno ai due naviganti un'atmosfera di ebrietà. I loro centri nervosi non avevano esaurito il magnetismo carnale che li spingeva a cercarsi. Egli era ancora per lei l'«unico»; ella era ancora per lui l'«unica». Il loro accoppiamento era fatto di gioia spensierata e di baldanza. Credevano sinceramente d'essere la più perfetta coppia di amanti che esultasse tra cielo e mare, padiglione e talamo ai loro amori...

Compiangevano e avevano in dispregio il resto dell'universo. Nelle loro cabine eleganti, corredate di tutte le comodità della vita; sul ponte, sulle loro poltrone indiane, essi erano a momenti persuasi di viaggiare sopra una fantastica nave che solo per loro filasse molti nodi all'ora verso un paese di felicità...

Non si accorgevano quasi che la nave recasse un copioso carico umano. Essi soli erano il centro dell'universo. Gli altri uomini erano soltanto la loro platea. E se qualche figura assumeva contorni distinti nella folla che non li interessava, ciò avveniva solo per trarne paragoni con se stessi e per schiacciarli con la loro superiorità.

Una legittima coppia era a bordo, nota per il nome illustre di lui. Uno scienziato ancor giovane con una nobile fisonomia, una gran fronte prominente: sua moglie, sottile, non bella, già un po' grigia alle tempie, vestita semplicemente, nota al mondo per la sua devozione al marito, per la sua collaborazione alle opere di lui.

Anche navigando lavoravano insieme. Ella copiava gli scritti di lui, rivedeva bozze di stampa. Stavano in disparte, parlavano qualche volta animatamente tra loro di alte cose incomprensibili agli altri, o tacevano a lungo, tenendosi per le mani, guardandosi ogni tanto negli occhi con una mite tenerezza avvolgente, quasi fossero l'uno figliuolo dell'altra.

Rosanna e Manfredo avevano notata quella coppia e ne sorridevano con un poco di compassione. Quella blanda affezione pareva loro così inferiore al loro fiammeggiante amore!

Manfredo diceva:

– No, non è quello l'amore! Egli può tenere per un'ora nella sua la pallida mano di lei come si tiene quella di un vecchio amico. Mio Dio! Quale differenza!

«Solo ch'io veda
Il tuo piccolo piede, io tremo:
Sol ch'io ti guardi,
Arrossi in faccia!»

Ella rispondeva, fatua, felice, sorridente:

– No, essi non sanno cosa sia il vero amore. Le loro labbra non sanno la gioia d'incontrarsi!... Essi, certo, non si baciano altro che sulla fronte!

Era a bordo anche una giovane madre, vedova, con un suo unico figliuoletto sui dieci anni. Il lutto loro era recente, e l'idillio fra quella graziosa donna in fitte gramaglie e quel fanciulletto biondo e fiorente come un angelo di Melozzo, pieno di vita e di tenerezza, era caro a tutti i viaggiatori. Su questa coppia si degnava spesso volgere lo sguardo anche la coppia degli amanti gaudiosi... e forse una fugace ombra oscurava in quei momenti il cuore della donna che aveva oltraggiati i sacri doveri di madre...

Quando vedevano la giovane vedova cullare sui ginocchi il figlio quasi alto come lei; quando la vedevano vegliarne i giuochi infantili o il sonno, estasiata, con gli occhi pieni di lagrime... Manfredo faceva la concessione di accorgersi che quello era un grande affetto, e chiedeva a Rosanna:

64

– Di', amore, mi ami tu così?

Ed ella: – Più, più di così! Così, e più ancora! – e gli porgeva le fresche labbra tra le quali sporgevano candidi denti ferini...

***

I giorni passarono veloci... La vita di bordo era loro dolce nella sua monotonia. Il grande spettacolo dell'Oceano non li commoveva, ma li divertiva. Nessun presentimento funesto era nei loro animi.

Ma il destino, il fosco re del mondo, teneva in serbo per essi, nelle pieghe del suo misterioso mantello, eventi impreveduti e gravi...

Il superbo transatlantico, che aveva più volte traversato l'Oceano, incontrò in una buia notte invernale con la sua chiglia che tentava l'abisso, un masso enorme di ghiaccio, una specie d'isola polare, un ostacolo fiero e terribile, contro il quale ogni forza umana s'infranse.

Tutto l'ingegno dell'uomo, tutte le risorse dell'arte e della scienza del navigatore, furono vane. Il naufragio del possente «Celtic», che recava nel suo grembo tanta forza umana, ricchezze suntuose, giovinezza, beltà, amore, speranze... era imminente. Ogni speranza di salvezza era rimessa in qualche incontro di altra nave o nel più tardivo soccorso richiesto per mezzo dei marconigrammi

Era la nave come un agonizzante che aspetti solo dalla Provvidenza un aiuto miracoloso

La certezza, senza scampo, della morte dà spesso agli uomini la calma augusta che li rende pari ai numi. Il dubbio, la speranza della salvezza, la volontà di uscire dal rio cimento, rende gli uomini torbidi, violenti, selvaggi.., li dà in balìa del formidabile istinto della propria conservazione, più possente ancora dell'istinto della riproduzione della specie. La fame (cioè il desiderio della vita) precede l'amore nella misera creatura umana allo stato di natura. Solo la scintilla divina del sentimento, nell'essere evoluto, trionfa dell'istinto animale e fa sì che l'uomo superi talvolta se stesso, uscendo dal suo proprio ritmo, per fondersi divinamente col ritmo del mondo, nell'amore ideale di qualche creatura...

***

Il periglio di morte piombò sul duetto amoroso di Manfredo e di Rosanna come un falco feroce su due tubanti colombe, e lo divorò. Divorò, assorbì, annientò il loro scambievole ardore. Le pile elettriche che erano i loro corpi furono all'improvviso scariche del magnetismo che li avvinceva l'uno all'altro; furono all'improvviso due forze esauste, due desideri sazi, due scintille spente. In faccia alla terribile ombra della morte, le loro due individualità egoiste e prepotenti si trovarono sole ed estranee...

Non era tra loro la buona, profonda tenerezza che unisce qualche volta in divina fraternità le creature umane; non l'onda di sentimento che può fondere due cuori e foggiarne uno solo, sì che l'uno fa parte veramente dell'altro in un amplesso ideale cui solo l'eternità è degno sfondo. Cessato per la sùbita convulsione dei nervi, prodotta dallo spavento, il palpito della carne, gelato il desiderio dal livido fantasma della morte, nessun filo avvinceva più quelle due creature. Lo spavento, il dolore, la speranza della salvezza, l'orrore del nulla, furono ad un tratto barriera insuperabile tra di essi. Il loro cosidetto amore si spense, stridendo come un vivo tizzo immerso nell'acqua. Non si amarono più; non si cercarono, non furono l'uno all'altro, nell'ora tragica, di consolazione nè di aiuto.

Attesero il probabile soccorso, muti, chiusi nel loro mistero, ostili, pieni di rimproveri non espressi, ignoti spiritualmente l'un l'altro, divisi moralmente in faccia a quella suprema lotta per la vita e nemici.

Nella lunga notte oceanica, invocato ad alte grida, da preghiere, da imprecazioni, da silenzi lugubri, preceduto da qualche gelido bacio di morte sulle più deboli fronti, il soccorso finalmente venne.

65

Un'altra nave, più piccola, la «Pensilvania» giunse al disperato richiamo, attraverso l'immensità delle acque infide...

I marinai dei due bastimenti fecero miracoli di umana carità. Il salvataggio dei passeggeri del «Celtic» fu quasi completo. Secondo la consuetudine santamente cavalleresca si vollero salve prima le donne. Le madri. La debolezza fisica davanti alla quale l'uomo si inchina reverente. Molte donne furono tratte in salvo, così. La giovane madre in gramaglie, col suo figliuoletto, furono portati a bordo della nave sopraggiunta, avvinti così strettamente che le loro carni erano ferite dalle loro unghie, e i loro corpi irrigiditi, quasi fuori dei sensi, per lo sforzo immane del non volersi separare.

La moglie dello scienziato non volle precedere il marito nella via dello scampo, a malgrado delle disperate esortazioni di lui..., sicchè per essi il soccorso giunse troppo tardi, e morirono insieme, tenendosi per mano, avendo accanto i loro manoscritti come figliuoli diletti...

Era vivo Manfredo? Rosanna, già condotta a salvamento, non lo sapeva.

Era salva Rosanna? Manfredo, già salvo, lo ignorava...

Erano vivi tutti e due, separati dal caso, soli, ignorando l'uno la sorte dell'altra, ma lieti di vivere, svegli come da un orribile sogno, liberati da un incubo mostruoso, respirando beatamente, felici per la sola gioia animale di vivere, integri, giovani, forti, sorrisi ancora dalle speranze...

I loro pensieri, come avviene nelle crisi decisive dell'esistenza, andavano a ritroso, saltavano il periodo di tempo più vicino e tornavano al passato lontano...

Una grande nostalgia del tranquillo e dolce passato li teneva... Eppoi, tornati alla sicurezza, alla normalità della vita, dopo aver tocca la terra, i loro sensi riposati vibrarono di nuovo ed aspirarono allo smarrito oggetto del loro scambievole desiderio...

Seppero allora l'uno dell'altra; avrebbero potuto incontrarsi ed unirsi ancora...

Ma la buona vergogna li fece accorti e li ammonì del loro inganno. Solo allora i loro occhi si aprirono.

No, quello ch'essi avevano creduto il loro grande amore era stato solo un piccolo giuoco allegro che aveva usurpato il nome di una cosa grande e rara, che non si deve nominare invano; una cosa più forte non solo della vita, ma anche della morte...

E non si videro mai più.

– Basta un solo esemplare di una specie per provare che quella specie esiste. Sì o no?

– Un solo esemplare può essere un fenomeno, e non prova nulla.

– Cavilli! Perchè, chi dice uno, dice cento. E contro la vostra rettorica del pessimismo, io ho una ben nutrita statistica di casi...

Si parlava, come accade a sazietà, della fedeltà nell'amore, specialmente nel matrimonio. E il mio oppositore, uno di quegli scettici per partito preso, per chic, per paura di passare per ingenuo: un individuo, che mi urtava tremendamente i nervi, se ammetteva che ci possa essere una discreta percentuale di mogli fedeli, negava assolutamente la possibile esistenza dell'animale umano coniugato fedele alla propria moglie.

— Vorrei sapere il perchè di codesta supposta impossibilità – chiesi io. – È un luogo comune, il vostro. Bisogna mutare rotta. La fedeltà ha il diritto di diventare di moda, dopo tanta impopolarità!

Il contraddittore che teneva enormemente a passare per un don Giovanni, disse che la fedeltà rassomiglia all'araba fenice – che ci sia ciascun lo dice, dove sia nessun lo sa.

– Lo so io! – asserii – e lo sapreste anche voi, se guardaste davvero nelle cose e non vi scivolaste sopra, come fate. Ho un documento fresco fresco, interessantissimo nella sua semplicità. Ve lo infliggo. E dico così perchè so che ne sarete furibondo. Tanto peggio per voi!

E raccontai.

– C'era una volta (sì, perchè in questi vertiginosi tempi, due anni sono un'èra) una povera donna, molto ricca e poco giovane. Però, seducentissima ancora, dicevano tutti. Occhi splendenti, cosmesi sapientissima, eleganza squisita. Passava per una donna fatale, cioè una di quelle cui nessun uomo resiste. (La «fatalità» è poi semplicemente la ferma volontà di conquista che hanno certe donne, o meglio la loro instancabile attività amorosa).

Eravamo nello stesso albergo sul mare, in un mite inverno toscano che odorava di salmastro e di resina di pinete.

La povera milionaria, assetata di amore e oramai sfiorita, non aveva molta selvaggina a portata del suo abile tiro, ma non istava tuttavia inoperosa e reclutava quanto di meglio trovava sulla spiaggia quasi deserta e negli atrii dei pochi alberghi aperti in quella stagione. Era stata un poco malata e lo era forse ancora, se stava lì in quel luogo così bello, ma troppo tranquillo per la sua irrequieta smania di godere.

Ebbe bisogno dei consigli di un medico, e le fu indicato un giovane assai reputato che aveva una grande clientela durante la season e che studiava sul serio durante il resto dell'anno e dava lezioni in una vicina Università. Un bel giovane che sarà certo qualcuno un giorno, e che è già una interessante personalità.

All'aspetto pare un po' un anglosassone, con qualche cosa di più dolce e di più fine. Alto, biondo, sbarbato, ha la stessa intonazione di un colore leonato sulla pelle, sui capelli, corti e densi, negli occhi. La sola cosa chiara sul suo volto abbronzato, sono i denti che gli splendono tra le labbra fresche. Ha trent'anni ma non gli se ne dànno venticinque. Un po' brusco, di poche parole, scruta, indaga, trapassa i pazienti col suo sguardo fermo ed acuto. E le sue belle mani, magre e grandi, di uomo che nuota e rema, hanno una sensibilità estrema nel toccare i corpi infermi, come se facessero vibrare strumenti musicali. Parla rado e molto sa. La conoscenza è la gioia massima verso la quale il suo spirito anela. Dunque questo medico fu chiamato presso la bella signora malata di dolore per la imminente morte della sua gioventù. (Cosa che può far sorridere, ma che, in fondo, è argomento di tragedia).

Ella s'innamorò fulmineamente di lui. A modo suo, s'intende, cioè al modo di tanta gente che chiama amore quell'accensione che viene e va, lasciando qualche bruciatura, dopo aver fatto al cuore (diciamo così) un po' di bene e un po' di male. Quella volta però, poichè l'oggetto non si accorgeva della fiamma destata e non si prestava al gioco, la donna amava e soffriva di più.

Era uno spettacolo veramente ridevole e doloroso ad un tempo, quello che colei offriva, a chi avesse insieme il senso del comico delle cose e il cuore aperto alla umana pietà. Povera donna! faceva la ruota, si esibiva, si offriva, sfoggiava tutte le sue risorse naturali, tutte quelle (figuriamoci!) dell'arte, per cogliere l'uomo nelle sue reti. Ma lui nemmeno se ne accorgeva.

Essendo ella non propriamente malata, ma convalescente certo di «squisiti mali», le visite mediche, o alcune di esse; avvenivano alla spiaggia, o nell'atrio sotto gli occhi di quelli che vi si trovavano.

Era un'autentica signora, ed io la conoscevo personalmente, ed ero presente qualche volta, senza volerlo, alle visite suddette.

C'era proprio da ridere! Ma non di lei, che mi faceva pietà; bensì di lui. La sua ingenuità... la sua cecità (non mi rendevo ancor conto del suo stato d'animo e non potevo battezzarlo) era quasi inverosimile! Perchè, in fin dei conti, quella donna era ancora molto bella, era tutt'altro che sciocca e di una eleganza mirabile, e non accorgersi dell'entusiasmo ch'essa per lui nutriva, era quasi assurdo

Rammento – tra gli altri – un pomeriggio della fine di gennaio, davanti alle nostre capanne, in quella stagione morta, che era invece così viva per l'anima, nella cara semisolitudine, davanti a tutto quello spazio divinamente libero e nostro! Era quasi il tramonto. Il mare era liscio, immobile, opaco, colore di pallide turchesi. Il cielo chiaro, quasi dello stesso colore, più lieve, più mobile...

All'orizzonte, un'immensa striscia porpora e oro, dai contorni sfumati, si stendeva come un baldacchino dietro la ruota fiammeggiante del sole scendente. Da sinistra, cinque paranze da pesca, poc'anzi bianche come gigli marini, si erano coperte d'ombra, e andavano via lente, velate di grigio, come monachelle dai cappucci aguzzi, verso l'altare del Dio che si coricava, ardendo...

Si chiacchierava un po', dalla mia capanna a quella della convalescente, dalle nostre sedie a sdraio, cariche di cuscini. Ella portava una specie di camauro di velluto viola (colore del pesante suo mantello) dal quale uscivano alcuni ricci cuprei. Sui lineamenti delicatissimi, sul pallore naturale, perfezionato dall'artificio sapiente, erano una dissonanza violenta e deliziosa, i grandi suoi occhi tenebrosi.

Ella non era soltanto donna di senso, ma di passione. Mutevole, senza nobiltà forse, pure meritevole di pietà, poichè almeno quella volta la faceva soffrire.

All'avvicinarsi del medico, che vedemmo avanzarsi sulla sabbia, ella sfavillò in volto di scintille d'amore. Almeno, se quello che provava, fosse stato veramente amore, non avrebbe potuto trasfigurarsi più di così!

Sentire la sua mano fra quelle di lui, che premurosamente le tastava il polso e l'epidermide, pareva per lei una folle gioia! E nemmeno si vergognava di me e delle persone che con me erano!

Presa, dominata, inebbriata fino all'incoscienza!

E lui? Niente. Imperterrito, glaciale, cieco fino alla comicità. Disse, tetragono alle moine della donna, alle sue occhiate languide, alle note di colomba della sua voce: «Debbo dirle, signora, che questa è l'ultima visita medica che le faccio. Lei sta bene. Mangi, si ossigeni il cervello all'aria. Ricominci a fare un po' di sport. E si divaghi. Lei non ha un temperamento fatto per la vita contemplativa. E fumi poco, raccomando».

Ella protestò in uno spasimo sincero di tutto il suo essere che si tendeva verso quell'uomo con impudicizia senza pari. «Ma venga a trovarmi come amico, dottore! Venga a farmi un po' di compagnia! Farà un'opera di misericordia! Anche le anime hanno bisogno di cure...».

Egli, quasi brutalmente: «Sono molto occupato, signora. E poi, io curo i corpi, non le anime... Ad ogni modo, credo alla saviezza dell'antico adagio: Mens sana... con quel che segue. Verrò a salutarla prima della sua partenza: questo sí!». E se ne andò.

Quell'uomo mi aveva incuriosita singolarmente. La donna, no, poveretta! Era quello che era; una creatura senza misteri, tutta aperta al sole, offrente la sua misera anima al facile studio d'ogni dilettante di cosidetta psicologia femminile.

L'interessante era lui. Uomo d'ingegno e di lotta assetato di tutto il sapere, ambizioso, notevolmente bello del corpo, superiormente dotato di facoltà dello spirito. Era buon conoscitore d'arte, e gli piaceva venire ogni tanto a fare con me, diceva lui, un po' di scherma intellettuale.

Il giorno appresso, infatti, venne a visitarmi, ed io ero già abbastanza in confidenza con lui, per potergli parlare della sua «vittima».

Egli parve cadere dalle nuvole.

– Io? No, io... come ogni altro. È una nevrastenica, povera donna. Questo clima, non le si confà. E si ostina a rimanere...

– Rimane per lei...

– Sarebbe un bel fatto! Ad ogni modo, non me ne occupo. Ho altro da fare.

– Ma non ne è neppure un po' lusingato? E nemmeno lontanamente commosso? È una donna molto interessante, ancora assai corteggiata e desiderata in società a malgrado del vicino tramonto... – dissi io.

Egli mi guardò, imperterrito.

– Ma io non sono disponibile. Avesse vent'anni e fosse una Venere rediviva... non mi commoverei!

I miei occhi si spalancarono. Egli se ne accorse e continuò:

– Ella immaginerà che nella nostra professione... – (una brevissima pausa, gonfia di sottintesi... che andavano oltre la professione) – le occasioni non mancano. Io esercito per il pane quotidiano dei miei... contro voglia. D'estate ho una clientela spaventevole. Vengono qui ottantamila bagnanti. Gente di tutte le categorie, donne, purtroppo, quasi tutte d'una categoria sola... Non è bella, da vicino, l'umanità!

Tacque, con una espressione triste sul maschio volto.

Io chiesi:

– Allora, lei è un marito fedele?

E i miei occhi continuavano a rimanere molto aperti...

Egli se ne accorse, perchè disse:

– Se ne meraviglia? Mi sorprende, ciò, da parte di una studiosa come lei! Nel mondo c'è tutto. Quindi, anche i mariti fedeli. E io sono uno di questi.

Come un ghiottone cui si ponga dinanzi un cibo prelibato, io mi accinsi a gustare il sapore nuovo della vivanda spirituale che mi si offriva all'improvviso. Contenni nei giusti termini la mia meraviglia, interrogai con arte, e sopratutto, con simpatia. Così, l'uomo prodigioso parlò:

– No, non sono fedele a mia moglie per dovere. Le sono fedele perchè l'amo, perchè è la sola donna per la quale io mi senta nato ad esercitare la mia parte d'uomo sulla terra.

– Da quanti anni si sono sposati? – chiesi, e faticavo immensamente a nascondergli il mio stupore, del quale mi vergognavo in faccia alla sua candida semplicità.

– Da sette anni. Ne avevo ventitre, essa venti. Ma il nostro affetto è molto più antico. Quando mi innamorai di Estella, avevo quattordici anni e lei undici. Paolo e Virginia, come lei vede, possono essere una realtà...

La mia attenzione lo lusingava e lo eccitava a parlare:

– È un vero romanzo il nostro, ma un romanzo pulito, di quelli che non si scrivono quasi più... I nostri parenti non volevano che ci fidanzassimo. Quelli di lei erano più ricchi dei miei. Noi giurammo di attendere la maggiorità. Invece i genitori di Estella ebbero un dissesto finanziario e divennero più poveri dei miei. Allora il consenso fu dato. E appena avuta la laurea e un posto rimunerato all'ospedale, ci sposammo. È la prima, la sola donna che io abbia conosciuta sulla terra, nel significato biblico della parola. Comprende?

Tacque un poco. Studiava sul mio viso l'impressione prodotta dalle sue parole. E pareva compiacersi della sua propria confessione.

Io mormorai:

– Che cosa strana e sublime!

Ed egli:

– Strana per gli altri, evidentemente, ma non per me. Si figuri se io avrei potuto contaminarmi, avendo quel grande sentimento nel cuore! Non solo nel cuore ma nei sensi. Estella era una delle più belle creature che sia dato vedere a questo mondo. Una madonna della scuola senese. Dolce e fiera: di una purezza veramente divina. Io sono e fui sempre per lei l'universo. Non è una esagerazione: è la semplice verità. Ella si chiede ogni tanto come ha potuto vivere i primi dieci anni della sua vita, senza di me! Mia, solo mia, tutta mia, d'anima e di corpo. Non meritava il contraccambio? È cosí semplice, cosí logico! Nella coppia umana evoluta e cosciente, deve essere cosí non per dovere: per volontà della stessa natura, quando due amanti, due coniugi seguono il sano istinto e il sacro sentimento, all'infuori delle perversioni del vizio e delle complicazioni cerebrali! Nell'uomo allo stato di civiltà, la fedeltà e la monogamia sono (o dovrebbero essere) connaturate. Cosí come la religione monoteista è superiore al politeismo, oltrepassato in tutte le civiltà. La pluralità degli amori e dei contatti, ne diminuisce l'ardore e la bellezza. Perchè disperdere in avventure vili quello che la natura ha consegnato all'uomo perchè lo tramandi, fiaccola di vita, per l'eternità? Io ho un grande concetto della mia missione d'uomo, anche nella parte animale. Ma perchè cercare la giustificazione della ragione alla mia condotta istintiva? Amo mia moglie, la desidero con ardore di amante ognora rinnovellato, le voglio bene come ad una madre.

– Che donna fortunata! – io esclamai.

– Povera cara! Se sapesse quanto ha patito! Quanto abbiamo patito insieme!

– ?

– Abbiamo perduti due bambini, i due primi, di difterite, in pochi giorni. Io, padre e medico, lí, impotente a salvarli, per lei, per me! Nessun pezzo grosso della scienza fece il miracolo! Povera Estella!... Dopo, fummo uniti non solo dall'amore, ma dal dolore. Lo sa, è vero?, cosa vuol dire avere patito insieme lo stesso martirio! Il dolore unisce gli spiriti, come l'amore unisce i corpi. E quella unione non finisce mai, non sfiorisce mai, avvince, attorce, cementa due esseri sempre più, fa veramente di due creature una sola.

– Hanno altri figliuoli?

– Uno. Un amore. E ne avremo ancora, spero. Se c'è un amore che meriti di creare è il nostro. Qual'è il segno di nobiltà dell'amore se non la sua unicità? Chi può amare due volte nella vita, non ha amato mai. Il piacere, il capriccio, il desiderio, l'accoppiamento non sono l'Amore. L'Amore vero, quello con l'A maiuscola (come pel nome di Dio), non fiorisce altro che una volta in un'anima ben nata. Ricorda un verso del nostro Fogazzaro?

«Ecco, superbo ascende il fior dell'agave»

«L'essere umano che si rispetta è come l'agave che getta il suo bel grido fiorito una sola volta nella sua esistenza. Un uomo. Una donna. Un amore. Una fedeltà. Questo è il poema della perfetta coppia morale. E dalle due sacre verginità che si integrano, nasce e fiorisce la santa famiglia umana. Non creda a tutte le solite sudicie chiacchiere sulla necessaria espansione della esuberanza amorosa dei maschi. Rettorica... e vizio! Queste leggi furono fatte da uomini scostumati.., e indulgenti verso la crapula. Parlo non solo come uomo, ma come studioso di scienza. Bisogna spiritualizzare la vita! E non vergognarsi (cosa veramente deplorevole e iniqua!) di una virtù. Nessuno si vanta mai d'essere fedele in amore... anche se lo è! Ma se ne vergogna, come di una colpa... Bisogna richiamare sul trono ideale, cui ha diritto, questa regale virtù.

Tacque un poco, poi disse:

– Mi faccia però il piacere di credere che queste confidenze le tengo in serbo per casi eccezionali!

Rise allegramente, e poco dopo, balzando dal pontile sulla sua barca bianca «Estella», diè vigorosamente di piglio ai remi, e, sotto il sole che gli dorava i capelli scoperti, vogò lietamente su pel mare azzurro come un sogno...

Quando il professore rientrò, all'ora del desinare, la vecchia cuoca che gli aprí la porta, gli disse – con la voce strozzata e la faccia sconvolta:

– Signor padrone, la signora è andata via!

– Via, dove? – chiese lui, cadendo dalle nuvole, cercando di sgombrare la sua mente dall'importante problema di filologia che tutto l'occupava.

– Via! Partita! Ci ha abbandonati tutti! Anche il bambino! Povero signor padrone! – E la fedele vecchia donna (superstite esemplare di una estinta specie) si mise a singhiozzare.

Allora Matteo Patrizi comprese. E fu talmente sbalordito che quasi non giungeva ad accorgersi del suo proprio dolore, cosí come accade quando si riceve in qualche parte del corpo un colpo improvviso che a tutta prima non ci fa male. Però, egli, il male, poco dopo, lo sentí. Voleva bene a sua moglie, in un modo un po' strano forse, ma glie ne voleva. Poco sensualmente, perchè egli non era un uomo sensuale; l'amava come un buon amico, come un fratello, con qualche accensione amorosa, ogni tanto, nei momenti di riposo dall'indefesso lavoro. Era professore nell'Università di X, valoroso umanista, galantuomo perfetto, di animo mite e gentile, ma cosí chiuso nella sua dottrina e nel suo pensiero, che tutto il resto – all'infuori dei suoi libri, delle sue carte, della sua aula e della sua studentesca (di questa avrebbe anche volentieri fatto a meno) – era lettera morta per lui.

Anche sua moglie. L'amava, ma non la conosceva: l'amava, ma non se ne occupava. Gli pareva che dovesse essere la più felice delle donne. Non aveva essa tutto? Un buon marito, una soddisfacente agiatezza, un bel bambino, una graziosa casa, dei vestiti eleganti, parecchi svaghi. Cosa le mancava? Nella casa paterna essa non aveva nulla. Era figlia di un impiegatuccio che non le aveva dato nemmeno un soldo di dote. E Matteo Patrizi aveva avuto l'orgoglio di darle tutti i beni della vita. Era disinteressato, idealista, filantropo, umanitario, nel fondo del cuore... eppure innamorato fino all'egoismo dei suoi studi che lo prendevano tutto come una tirannica amante. Il cuore dell'uomo è pieno di contraddizioni!

Cosí, egli non si era accorto che sua moglie non era felice perchè le mancava quella misteriosa cosa che si chiama l'amore. Era una donna d'istinto e di passione. Non corrotta, non ignobile, ma impulsiva ed eccessiva. Di quelle donne per le quali il fulcro dell'universo è il sentimento amoroso. Ella aveva tutto, sí, ma aspettava l'amore. Il quale le giunse, all'improvviso, quando ella fu sui trent'anni, sotto le sembianze di un giovane aviatore dal cuore di leone e dagli occhi colore del cielo ch'egli aveva scelto per sua dimora...

Pieno d'ardore, sprizzante vita da tutti i pori, coi capelli ondulati come l'acqua. L'opposto di suo marito, cosí ponderato e taciturno... e già un po' calvo. Amava le belle donne, e la signora Alba Patrizi era molto avvenente. Era un veemente, un sincero, un istintivo. Anche lui s'innamorò sul serio e volle la donna tutta per sè. Ella vibrò di passione e di gioia, come ad una musica lungamente aspettata, perdendo ogni freno e ogni potere su di sè. E fuggí con lui.

****

Cosa faceva intanto il povero professore nella vedova casa? Aveva i suoi libri e il suo bambino. Di questo, doveva occuparsi di più e gli si era maggiormente affezionato. Aveva una bambinaia toscana che lo teneva con cura. La vecchia cuoca era un'ottima massaia. La casa filava press'a poco come prima. Solo, il salotto e la camera da letto erano chiusi. Gli facevano malinconia. Egli dormiva nel suo studio, sopra un'ottomana.. La vita da scapolo, in fondo, era la sua vera vita. Ma una grande tristezza occupava il fondo del suo cuore, L'amor proprio offeso non lo aveva fatto soffrire molto. No. Era filosofo e ben sapeva che la sua integrità morale non poteva esser tocca dalla folle condotta di sua moglie, anche se il sorriso della gente accompagna un marito gabbato. No. Ma una grande pena, sí. Per sè, per il bimbo, e per lei. Strano, eh? Proprio anche per lei! Povera creatura! Ma se era felice? Ah già! Ma la felicità così non pareva a lui la vera felicità. E poi egli sentiva un certo senso di responsabilità per il fallo di lei. Che cosa curiosa! Indignazione, certo, ribellione, repulsione per quella sciagurata, eppure anche una misteriosa pietà. Il padre di lei gliel'aveva affidata, vergine ventenne, pura come un giglio. I suoi sentimenti erano buoni. Era di temperamento casto. Il fondo della sua anima era onesto e pio. Se n'era accorto e sempre più persuaso in quasi dieci anni di matrimonio, a certi segni che non ingannano.

Con che voce parlava ella al loro bambino! Che devozione aveva per la Madonna! O come aveva dunque fatto a dimenticare suo figlio e la sua religione? Certo non poteva averli dimenticati, e doveva essere accaduto in lei qualche cosa di più forte di tutto, di veramente terribile: un cataclisma dell'anima! Partendo, aveva lasciate per lui poche parole, trovate sulla scrivania, in quel giorno fatale: le sapeva a memoria: «Mio povero Matteo, mio piccino adorato, perdonatemi, se potete! Non posso vincermi e non posso dividermi. Seguo il mio destino. Dio avrà pietà di me, perchè ho lottato tanto! – Alba».

C'era tutta una tragedia in quella ventina di parole. Matteo Patrizi preferiva sentire solo quella, nella sua dignità di marito e di padre, cui avrebbe data molta noia il pensiero dell'altra faccia della questione... la faccia che ride...

Gli piaceva, per dir così, considerare sua moglie come la vittima di una volontà più forte e malvagia che aveva offuscato la sua coscienza e trionfato della sua fragilità...

E, tutto sprofondato nello studio delle lingue neolatine, rivolgeva a se stesso – sorgendo dalle lontananze storicoletterarie nelle quali soleva mentalmente vivere – qualche rimprovero: «Forse non mi sono occupato abbastanza di lei. Era così bellina e così giovane! Dovevo vedere di più. Dovevo difenderla meglio. E perchè non ho fatto vendetta di colui?

L'ignoto nemico, egli l'odiava. Ah sí. Il suo mite animo, che non conosceva asprezze nè rancori, aveva provato per la prima volta, a quarant'anni, il triste odio umano che vorrebbe, potendo, cancellare un essere vivente dal mondo. E quel sentimento, nuovo e amaro, gli faceva male. Eppure, non sapeva nè voleva liberarsene... anche sentendo che ogni azione ostile verso colui sarebbe stata inopportuna e ridicola...

***

Un giorno, rincasando (due anni circa dopo la partenza di sua moglie) si ripetè press'a poco, la scena sbalorditiva di allora.

Pcrchè la vecchia domestica, dopo avergli aperto l'uscio, con gli occhi spalancati e la voce strozzata, gli disse:

– Signor padrone... non sa la notizia?

– Il bambino? – interrogò lui, afferrando la vecchia per le spalle.

– Grazie a Dio, sta benone! No. Ascolti. Mi ha detto l'inquilina del pianterreno... sa? che torna da Venezia... che...

– Spicciati! Cassandra della malora!

– Insomma, lui, quello della signora, è morto!

Ma non si può affermare che la seconda notizia, data al professore dalla sua cuoca, a due anni di distanza dalla prima, fosse al cuore di lui altrettanto dolorosa quanto l'altra. Ah no! La sua probità non giungeva fino all'eroismo.

Dolore, proprio, no... Anzi, si vergognava di ammetterlo, quasi contentezza fu la sua. Ebbe perfino paura che la cuoca si fosse sbagliata. E pure gli seccava d'interrogarla. Come fare dunque per sapere? Da due anni oramai egli non aveva nominata Alba nè in casa nè fuori. E solo casualmente, da un vecchio amico che gli voleva bene, al quale aveva, dopo la catastrofe, aperto l'animo, aveva saputo che sua moglie viveva a Venezia, col suo amante, in un grazioso nido, in una iridescente luna di miele che faceva invidia a chi vi passava accanto, tanto la sua luce era splendente e suggestiva...

Quell'amico, per ragioni di famiglia, aveva continue comunicazioni con Venezia. E da quegli si recò, la sera stessa, Matteo Patrizi, per avere notizie precise.

Era proprio cosí. Eppoi anche i giornali, il giorno appresso, raccontarono il fatto. «L'aviatore X... era caduto, in un volo di prova, e si era fracassato il cranio. La sua giovane «vedova» era semipazza dal dolore».

Ah già! Una cosa alla quale Matteo Patrizi non aveva a tutta prima pensato. Il dolore di lei.

Naturalmente. Se aveva preferito lui a tutto il resto dell'universo, adesso che lo aveva perduto, il suo dolore doveva essere molto grande. Questo pensiero evidentemente, non faceva piacere alcuno al professore. Anzi gli procurava un su e giù molesto dalla gola all'epigastro...

Quel senso di molestia durò e s'accentuò... e colui che lo provava non si rendeva conto di ciò che quella molestia significasse... Rancore? Gelosia?... Certo non era un santo... Ma era cosí filosofo, superiore alle miserie della vita! Aveva da lungo tempo superato il periodo della gelosia carnale verso di lei... eppure soffriva pensando al dolore di quella donna, come già aveva sofferto pensando alla vita sciagurata di lei...

La pietà. Questo sentimento umano, che l'uomo prova difficilmente per gli altri e sempre per se stesso, si era svegliato in lui, cancellando ogni palpito di egoismo. Più nessun rancore verso quella donna, nessuna implacabilità di giudizio, nessun rammarico per il suo proprio perduto bene. Solo una grande pietà verso quell'essere umano che soffriva. Egli era riuscito, senza sforzo, spontaneamente, quasi miracolosamente a non sentire più se stesso come fulcro dell'universo, e poteva guardare la tragedia altrui, non già dalla scena del teatro della vita – per dir cosí – ma da un lontano posto di platea, libero e solo. Non era più lui l'offeso e gli altri gli offensori, secondo il modo di considerare le cose usato da quasi tutti gli uomini. Egli era, per se stesso, un uomo come un altro, il quale poteva essere imparziale e giusto e soffrire del male altrui con identica sincerità di commozione come se si fosse trattato del male suo proprio. Cosí fioriva dal suo cuore liberamente, la pietà verso la creatura che tanto lo aveva offeso...

Ricordava la voce con la quale ella parlava, un tempo, al loro bambino... la voce del più tenero, del più appassionato amore; e si rivolgeva la domanda dolorosa di due anni innanzi: «Ha ella dunque potuto amare qualcuno più del bambino cui ella parlava così?». Ed ora, quel qualcuno era morto. Che colpo, che strazio, per lei! Certo, cosí religiosa, ella aveva sentito in ciò il tremendo castigo di Dio!

Allora la sua pietà non potè più rimanere contemplativa, ed ebbe bisogno di operare. Aveva ancora un po' di pudore, cioè qualche resto di rispetto umano... ma la pietà spazzò via ogni cosa. Andò dal suo vecchio amico e gli chiese aiuto per avere notizie della sventurata.

E le notizie furono quelle ch'egli si attendeva. Alba era in uno stato da far piangere i sassi. Malata di corpo e d'anima stava sempre a letto, perchè non aveva la forza fisica nè quella morale per ricominciare a vivere. Sprovvista anche di mezzi, perchè l'infelice che era morto non le aveva lasciato nulla, e abbandonata da tutti. I parenti che le restavano non erano più in relazione con lei e amici non ne aveva a Venezia dove aveva vissuto il suo irregolare romanzo d'amore.

La padrona di casa soltanto, una buona signora, aveva pietà di lei e non osava sfrattarla, benchè si preoccupasse dei danni che a lei sarebbero incorsi da quello anormale stato di cose. Alba diceva che non aveva il coraggio di uccidersi, per non offendere ancora di più la sua religione e suo figlio, ma che sperava morire. Se però la Madonna non le faceva la grazia di prenderla, allora avrebbe lavorato per vivere... e aveva pregato la padrona di casa di cercarle un piccolo impiego... anche come operaia.

Matteo Patrizi, senza più discutere con se stesso, per impulso irrefrenabile del cuore, partí un giorno per Venezia e senza neanche scendere prima all'albergo, si fece condurre col mezzo più rapido nella via, al numero che si era precedentemente fatto indicare, ed ebbe il coraggio di entrare in quella casa.

E disse alla poveretta, che trovò alzata, convalescente, ma quasi irriconoscibile:

– Andiamo, povera Alba, vestiti, vieni con me. Dov'è tuo figlio, ivi è la tua casa. Iddio ti perdonerà. Io ti ho perdonato!

Erano cosí semplici e schiette le sue parole, cosí nobile il suo contegno, cosí pietoso il suo sguardo... che la donna provò un sentimento di sollievo e vide un bagliore di speranza guizzare nelle tenebre del suo strazio. Ma si sentiva cosí colpita, cosí castigata, cosí assolta dal dolore patito... che non pensò nemmeno nel suo umano egoismo, di chiedere a lui perdono, nè di dirgli «grazie»; e lo seguí.

***

E la vita in tre ricominciò, regolare, apparentemente tranquilla, nella onesta casa del professor Matteo Patrizi, dopo la parentesi di due anni. Vivevano insieme, come due amici, come due fratelli, i due coniugi: lei sentendosi rinascere, a poco a poco, come chi abbia tocca la soglia della morte e ritorni insperatamente alla vita. Finita la sua giovinezza, spenta ogni volontà di gioia, per sempre, sí, ma avviata a riattaccarsi alla sua maternità e alla riconquista se non della stima, della dignità di se stessa. Aveva adesso un timido culto per suo marito, che considerava un santo e che trattava con un rispetto nuovo, dalla umiltà del suo cuore che sempre le doleva...

Il bimbo non aveva capito il dramma, aveva credute le favole raccontategli, aveva accolta con gioia la madre, cosí come prima l'aveva dimenticata... Era bello, robusto, lieto, egoista, come una giovane bestiola e metteva in quella casa triste la nota fresca della vita e della felicità che avevan voglia di prorompere.

E Matteo Patrizi era cosí pacatamente ma saldamente soddisfatto delle cose e di sè, che non s'accorgeva della mutata atmosfera morale che lo circondava, fuori di casa sua. La gente lo sfuggiva un poco, o lo trattava con minore deferenza di prima... Chi sa perchè? Eppure aveva scritto un libro che superava per dottrina e novità di concetti tutte le altre sue opere! Come mai in un concorso per un posto universitario cui ambiva non era stato prescelto? Egli non ne trovava plausibile spiegazione... Quel fatto ingiusto lo colpí e lo addolorò. E come egli un giorno se ne spassionava con un collega, si udí rispondere press'a poco cosí: «Be', che vuoi farci, Patrizi? Tutto non si può avere! Tu hai rivoluta la rondinella che era scappata dal tuo tetto, perchè l'amavi troppo e non potevi farne a meno... e certe posizioni difficili si pagano, a questo mondo. Per la cattedra che tu volevi occupare, occorreva un puro!».

Matteo Patrizi fu come un uomo che cada dall'alto e che si faccia molto male; ma ebbe la forza di sorridere e di rispondere: «Già, è vero!».

Però, a casa sua, fra le pareti domestiche, egli non poteva nascondere il suo cruccio, e pur senza parlarne mai, non riusciva a mostrarsi sereno come prima. L'ingiustizia umana lo amareggiava cosí profondamente.., che gli pareva doversi vergognare di appartenere alla vilissima umanità. Lo pensava, ma non lo diceva.

Ma sua moglie lesse nel suo pensiero. Quell'uomo era svergognato e deriso dalla gente, ed era rovinato nella sua carriera... per lei! Cosa poteva mai fare, ella, per consolarlo, per compensarlo almeno, un poco, del grande sacrificio da lui compiuto? Per dimostrarsi degna di tanta santità, non doveva ella fare qualche cosa per lui? Ella non aveva più niente di buono, di bello, di puro nell'anima: aveva solo, di suo, di tutto suo, gelosamente conservato, un segreto di dolore, una terribile verità che nessuno sapeva, che lei medesima non aveva mai guardato coraggiosamente in faccia... e sentí il bisogno, quasi il dovere di offrire a lui, umilmente, in dono il suo segreto.

Un giorno in cui vide il pover'uomo più curvo che mai sotto il peso della sua pena, Alba gli si avvicinò, s'inginocchiò accanto a lui, e gli disse con la voce tremante, cosí:

– Voglio dirti una cosa, una cosa passata.., non spaventarti, una cosa tanto strana... che può aiutarti a sopportare la tua pena. Tu sei forte e saggio. Guarda dall'alto in basso gli uomini che sono quasi tutti deboli o pazzi. Perchè ti meravigli tu, che la gente non veda il tuo cuore? Nessuno vede il cuore degli altri, non solo, ma nessuno conosce il suo proprio cuore! Ascolta, Matteo, questa cosa tremenda. Cos'è che ha cagionato tutto il nostro male, quello di due anni e mezzo fa... e quello di ora? Una passione sciagurata che in due non sapemmo vincere e che io credevo eterna... Ebbene, non lo sai? Anche se quell'infelice non fosse morto, noi ci saremmo presto separati... perchè egli non mi amava più, e io avevo cominciato a non più amarlo...

Tacque, quasi spaventata dal suono delle sue parole. Ed egli disse solo, mettendole una mano sul capo curvo:

– È così. Quando si tratta del cuore umano... le sillabe della saviezza non sono che queste tre: Mistero!